www.jollibre.com

Carrer de les Ciències, 73 (Districte econòmic Plaça d'Europa)
08908 L'Hospitalet de Llobregat
Telèfon: 93 230 36 00

ISBN: 978-84-16661-36-7
Dipòsit legal: M.39.270-2015
Printed in Spain – Imprès a Espanya

Segona edició: setembre de 2017

Directora de la col·lecció:
Maite Malagón
Editora executiva:
Yolanda Caja
Direcció d'art:
José Crespo i Rosa Marín
Projecte gràfic:
Marisol del Burgo, Rubén Chumillas, Rosa Marín, Julia Ortega
i Álvaro Recuenco

LES NOIES DE FILFERRO

JORDI SIERRA I FABRA

jollibre

Al Marcel, que quasi em va «obligar»
a escriure aquesta novel·la.

La bellesa pot ser la glòria
o la ruïna d'una persona.
Depèn de qui la porti, de com la porti,
de com la utilitzi o a qui la regali.

1

Aquell dia em vaig adormir.

La nit anterior havia treballat fins tard, acabant un article no gaire brillant sobre la moratòria per a la caça de balenes i el fet que noruecs i japonesos en facin cas omís quan els convé. Em cauen bé, les balenes. Però el problema és que quan una cosa m'afecta, perdo la visió periodística, deixo de ser objectiu, prenc partit i llavors... acabo escrivint panegírics força densos. Ideals per als butlletins informatius de Greenpeace o d'Amnistia Internacional, però no per a una revista.

Tot i que la propietària en sigui la meva pròpia mare.

Precisament per això, aquell dia, quan vaig veure que eren les deu vaig tenir un sobresalt. No perquè la Paula Montornés sigui la propietària i la directora de *Z. I.* tinc més privilegis que els altres o puc fer el que em doni la gana.

Em vaig rentar, dutxar i vestir en deu minuts. No vaig ni esmorzar. Vaig deixar el meu caòtic pis a corre-cuita –és tan petit que qualsevol cosa fora de lloc ja provoca una sensació de desordre i de caos– i vaig arribar a la redacció passats dos quarts d'onze, perquè no em vaig voler saltar cap semàfor, tot i haver preferit la moto per raons òbvies. El primer somriure del matí me'l va dirigir l'Elsa, asseguda com sempre a la seva taula en forma de mitja lluna, sota el logotip de la revista que hi havia a la paret de darrere seu. Ens portàvem bé. De fet, encara que l'Elsa fos la recepcionista de *Z. I.*, la veritat és que em porto bé amb totes les recepcionistes i telefonistes que conec. Són la clau per accedir als seus caps, perquè et diguin si hi són o no hi són, o a quin restaurant aniran a dinar o a sopar. Elles, i les secretàries. Això, un bon periodista ho ha de saber.

–Bon dia, Jon –em va dir l'Elsa abans de donar-me directament la notícia–: la teva mare et vol veure ara mateix.

Em veia a venir la bronca. La mare és de les que aterra a l'oficina a les nou en punt. Com un rellotge.

Però és que ella no «actua» fora, esclar. Ja no ha d'agafar avions, ni quedar amb gent que viu lluny, ni...

–Quan ha donat l'ordre de crida i cerca?

–Fa una hora. I l'ha repetit fa vint minuts.

Era massa. Me l'havia guanyada. Acomiadar-me, no em podia acomiadar, però gairebé.

Ni tan sols vaig anar a la meva taula. Al cap i a la fi, tampoc no hi havia de deixar res. Mentre caminava en direcció al Sacrosant Temple Central de la casa, vaig deixar el disquet amb l'article al Mariano, l'Home per a Tot. No li vaig haver de dir res. Abans de fer quatre passes, ja l'havia introduït a l'ordinador.

Vaig trucar a la porta del despatx de la mare, però jo mateix la vaig obrir i hi vaig ficar el cap, sense esperar una resposta de l'interior. En això sí que tinc privilegis. Un cop, quan el pare va morir, ella em va dir: «La meva porta sempre estarà oberta per a tu, fill. Recorda que sóc la teva mare.» I no ho he oblidat mai.

Estava dreta, recolzada a la pantalla lluminosa, examinant unes diapositives amb el seu bon ull professional. Sabia que era jo, perquè no es va moure. M'hi vaig acostar. Les diapositives eren de l'últim premi Nobel de literatura a casa seva.

No cal dir que a *Zones Interiors* no som gens convencionals.

–Hola, mare –vaig sospirar, com si acabés de sortir d'un embús de mil dimonis–. Em sap greu...

Va aixecar la mà. Senyal inequívoc de: «No-em-vinguis-amb-històries-que-ja-m'ho-sé.» Em va tallar en sec.

De tota manera, em vaig adonar que no estava enfadada sinó ansiosa.

I quan la mare es posa ansiosa, és per alguna cosa de feina. I si m'afecta a mi, vol dir que en tindré, i de debò. Realment de debò.

–T'agrada aquesta?

El premi Nobel de literatura estava assegut en una butaca i feia una cara d'úlcera sagnant. Em vaig preguntar per què no el donaven a gent més simpàtica. I també per què no estaven més contents després del Nobel. Tot i que aquell home, el milió d'euros del premi, segur que ja no se'l podria arribar a gastar. O sigui que potser feia aquella cara per aquest detall. M'hauria agradat veure la dels seus fills, filles, néts, nétes...

–No va a la portada, oi?

–Estàs boig?

La nostra és una revista d'actualitat, i seriosa, però a la portada intentem posar-hi notícies amb ganxo.

–Llavors, sí. Està bé.

Va apartar la diapositiva, va apagar el llum de la pantalla, va agafar el seu bastó, que recolzava contra la paret de la

dreta, i va recórrer la curta distància que la separava de la seva taula, com sempre atapeïda de papers. La mare té cinquanta anys, exactament el doble que jo, però la seva coixesa no té res a veure amb l'edat. La cama dreta li va quedar pràcticament destrossada en el mateix accident de cotxe en què el pare va perdre la vida.

Vaig esperar que s'assegués a la seva butaca.

Ho va fer, es va repenjar al respatller, va ajuntar les puntes dels dits de les mans i em va mirar als ulls.

–Recordes la Vània?

O sigui que era allò.

–Esclar. Com vols que no la recordi? Només fa uns tres o quatre anys que en vaig treure el pòster de la meva habitació.

–Ho recordo –va assentir amb el cap, somrient, evocant el temps en què, com un bon fill no emancipat, encara vivia amb ella.

–No em diguis que ha tornat a aparèixer.

–No, però d'això es tracta –va dir la Paula Montornés, recuperant tot el seu caràcter de directora–. D'aquí a un parell de mesos farà deu anys que va desaparèixer sense deixar rastre. Deu anys, ja. És un bon moment per desenterrar el tema, investigar-lo i publicar-ne un article. D'ella, com a *pièce de résistance*, però també de les altres dues.

Em vaig asseure en una de les dues cadires que hi havia al davant de la seva taula.

–Pot ser car –vaig calcular.

–Vam pagar cinc milions fa un mes per la història de l'Alec Blunt, i a una agència. Això ens faria vendre més, i només pels drets internacionals, si la cosa resultés... T'imagines, a més, que la trobessis? Ens ho traurien de les mans. *Paris Match*, *The Sun*, *Der Spiegel*, *The Times*... Oblida, doncs, els diners.

Això no sempre ho deia.

–I si han tingut la mateixa idea?

–És impossible. Ja saps que crec en l'energia –va bellugar els dits com si al davant tingués un núvol invisible–. Per això ens hem de posar a treballar immediatament i no perdre temps. Encara que només sigui per escriure un bon article ja val la pena. Els personatges del drama, deu anys després. Però alguna cosa em diu que tindràs sorpreses.

–Déu meu –jo també em vaig repenjar al respatller de la cadira–. Les Wire-girls, les Noies de Filferro. La Vània, la Jess i la Cyrille. Creus que la gent encara se'n recorda?

–I tant que sí! Van ser una llegenda en el seu moment.

–Sí, però una llegenda efímera, com tot el que passa en el món de la moda.

–Totes les llegendes viuen, i sobreviuen, Jonatan.

Era l'única persona que em deia Jonatan, en lloc de Jon.

–I què vols que faci exactament?

–Que parlis amb la gent que les va conèixer i que indaguis què va passar amb la Vània. Pot ser que estigui morta, i també pot ser que no. Però al cap de deu anys... M'entens, oi? Aleshores es va publicar molt sobre el tema, algunes persones no van voler parlar, però en canvi d'altres van parlar massa. Ara potser serà diferent. El temps et dóna una altra perspectiva de les coses.

–La Vània era espanyola, però la Jess era americana, i la Cyrille, egipciosomali, parisenca...

–Que tens alguna cosa per a les dues pròximes setmanes, vull dir algun programa, alguna història amb alguna noia? –va obrir les mans explícitament–. Perquè si és així, ho encarrego a algú altre...

–No, no! –vaig saltar de seguida–. Només et feia una observació.

–Jonatan –es va recolzar damunt la taula, senyal que atacava de valent–, pot ser una bona oportunitat. Ja coneixes el meu instint. Amb aquest instint i un bon treball d'investigació, d'aquells que fas de tant en tant –em va punxar deliberadament–, això serà una bomba. I repeteixo: no et dic res si a més a més la trobes.

–Tu creus que...?

–Mira: la Vània va tocar el dos, va dir adéu i va desaparèixer. Ha de ser en algun lloc.

–Si no la van trobar aleshores...

–Aleshores va ser aleshores. Si no volia que la trobessin, és normal que ningú no la trobés, com efectivament va passar, per més inexplicable que sigui. Però ara han passat deu anys. En primer lloc, deu estar tranquil·la, sense la preocupació que algun *paparazzi* l'enxampi. I en segon lloc, ja no deu ser aquella noia màgica que un dia va enlluernar el món sencer. Però qui sap. Tot és possible. El cas és que oloro alguna cosa bona, fill. I quan jo...

–Sí, mare, ja ho sé.

–Tu també tens nas, Jonatan –em va dir, amb alguna cosa més que afecte professional, tot i que ho va dissimular afegint–: per això ets aquí. O et pensaves que era perquè ets fill de la propietària?

–He tingut algunes exclusives de primera, oi? –li vaig recordar.

La Paula Montornés, editora, propietària i directora de *Zones Interiors*, es va convertir novament en la meva mare.

–Has sortit igual que el teu pare –va reconèixer amb tendresa.

Era el moment. Em vaig aixecar, vaig vorejar la taula i la vaig abraçar sense que s'aixequés de la seva butaca. A vegades m'oblidava de fer-ho. Ella no m'ho demanava mai, però jo sabia que ho necessitava. Van ser uns quants segons d'intimitat directa. Després li vaig fer un petó al cap, enmig dels cabells esvalotats, i vaig iniciar la retirada.

–No pugis mai a un avió que hagi de caure, fill –em va recordar.

–No pateixis, mare.

Li vaig llançar una última mirada. Allà asseguda semblava una deessa, la propietària d'un regne petit, molt petit, però deessa al cap i a la fi, amb un prestigi obtingut a pols. Els premis que omplien aquelles parets, alguns del meu pare, però la majoria d'ella, no eren gratuïts. El World Press Photo, el Pulitzer de fotografia, reconeixements professionals, periodístics, portades de les millors exclusives de *Z. I.*, fotografies del pare –però més de la mare– amb diverses personalitats a molts llocs del planeta... Abans de l'accident era la millor. I ara també.

Jo formava part de tot allò.

Tenia una bona mestra.

I un treball per fer que ja em cremava els dits des d'aquell mateix moment.

2

Qui té l'oportunitat de buscar la noia que l'ha fet somniar durant la primera adolescència i, a més, la sort que li paguin per fer-ho?

Estimo la meva feina. Crec que és la millor. Et permet viatjar, conèixer gent, escriure sobre moltes coses, fotografiar la vida –i a vegades la mort– i, en general, percebre el món d'una manera diferent i, per tant, entendre'l una mica més. Per a moltes persones, no saber on seràs demà és un conflicte, una mena de caos mental. Per a mi, no. És part de la gràcia, part de l'emoció. És clar que no pots quedar amb una noia per al cap de tres dies, però tampoc no és tan greu.

El planeta Terra és excepcional.

Em vaig endur de la redacció tot el que vaig trobar sobre les Wire-girls, les Noies de Filferro, sobre cadascuna d'elles per separat i sobre les tres juntes. Hi havia molta cosa, però no m'importava. Vaig passar el matí fent una primera selecció del material, vaig desestimar el que era conegut o tòpic, i la resta, cap a casa. Mentre mirava aquelles fotografies de la Vània, de la Jess Hunt i de la

Cyrille, em van passar moltes coses pel cap. Sí, normalment m'involucro en la feina, ho sé. Encara no havia ni començat que ja m'hi sentia completament implicat.

Vaig mirar la portada que les havia dut a la fama i a compartir no sols amistat, sinó també el nom amb què se les va començar a conèixer a causa de la seva primor extrema. Les tenia totes tres allà davant, a *Sports Illustrated*, amb aquells vestits de bany tan sexis, i elles tan joves, tan guapes, tan diferents. Una morena, una rossa i una negra. Integració al principi de l'«era del mestissatge». Sortir a la portada de *Sports Illustrated* és consagrar-se en el món de les *top models*. Aquell any se'n van consagrar tres. La Vània, amb la seva llarga cabellera negra, els ulls grisos i profunds, sempre dolçament tristos, el nas recte i afilat, la barbeta rodona, els llavis carnosos, una imatge de perenne innocència juvenil que havia fet molt de mal entre els seus fans i admiradors; la Jess Hunt, rossa com el blat, cabellera encara més llarga i profusament arrissada, els ulls verds, sempre somrients, airosa, una enorme boca oberta amb dents blanques que la caracteritzaven, les mandíbules fermes, i el front i els pòmuls perfectes; i la Cyrille, negra i de pell brillant com l'atzabeja, cabells curts, ulls de tigressa, foscos i enigmàtics, boca petita, llavis vermells de maduixa, cara cisellada per un Miquel Àngel africà capaç de consumar una obra mestra. I, per descomptat, el més característic de totes tres: l'estatura, metre vuitanta, un tipus modelat per una natura mil·limètrica... i extremament primes.

Sobretot ella.

La primor que les va portar al primer èxit, que fins i tot els va donar el nom, però que al final també les va portar a la mort.

Les Noies de Filferro.

Trencades.

En coneixia totes les dades, però els detalls se m'havien esborrat amb el pas dels anys. Així doncs, em vaig estar fins passades les dues de la matinada llegint i rememorant tot allò. Investigar sobre la Vània era fer-ho sobre totes tres. També van tenir un destí comú. Sorprenentment comú.

La Cyrille en realitat es deia Narim Wirmeyd. Havia nascut al Caire, Egipte, però era filla de somalis. La seva història era una barreja de conte espantós extret del pol oposat de *Les mil i una nits*. El seu pare l'havia venuda a un traficant de camells després de tornar a Somàlia, quan ella tenia dotze anys. El traficant, que en tenia seixanta, no va poder vèncer els desigs de llibertat de la seva jove pupil·la, o el que fos, i pocs mesos després ja se li havia escapat. Al cap d'un temps, quan es va fer famosa, la publicitat va inflar convenientment l'odissea de la nena, especial i dramàtica ja per naturalesa, però la realitat era molt més simple: la Narim s'havia escapat de l'«amo», havia passat la frontera i havia arribat a Etiòpia... Aquí va despertar l'interès d'un home de negocis britànic, que li havia donat feina a casa seva, i al cap d'un any, un amic d'aquest, un francès, se la va emportar a París. Va ser quan tenia quinze anys, mentre passejava pels Champs Elisées, que Jean Claude Pleyel, caçatalents i propietari d'una de les millors agències de França, va saber veure en ella el que al cap de poc temps havien de veure milions d'ulls arreu del món: que era especial, capaç d'enamorar la càmera i capaç de vendre el que es posés al damunt, ja fos roba o un perfum. Així va néixer Cyrille, el seu nom artístic.

La Jess Hunt era l'altra cara de la moneda. Provinent dels Estats Units, havia nascut a Toledo, Ohio, en el si d'una família de classe mitjana, respectable, religiosa en grau superlatiu, i s'havia convertit en una petita reina de la bellesa ja des de petita. Un bon dia la seva mare li va dir: «Déu t'ha fet bonica per a alguna cosa; si no, t'hauria fet com qualsevol altra dona. Així doncs, que el Senyor se senti orgullós de tu.» Això havia estat el detonant. Després va ser Miss Ohio, i moltes altres coses sempre relacionades amb la bellesa. La Jess va fer una carrera ràpida i meteòrica. Va ser la que ho va tenir més fàcil de les tres. Fins i tot feia servir el seu nom real.

I, finalment, la Vània, és a dir, la Vanessa Molins Cadafalch, nascuda a Barcelona, filla natural d'una dona voluntariosa i decidida que va ser l'àngel tutelar de la seva carrera fins que l'èxit li va donar ales i independència. El pare, casat amb una altra dona, la va reconèixer, però res més. Al cap d'un quant temps, la mare va morir d'un càncer de pit. La seva única família, a part del pare, a qui no va tornar a veure mai més, era una tia soltera, germana de la mare, que no va voler sortir mai als diaris. Al contrari que la Cyrille i que la Jess, la Vània no va ser descoberta per cap caçatalents mentre passejava pel passeig de Gràcia de Barcelona, ni va ser Miss res. Per voluntat pròpia, perquè volia ser model, es va matricular en una agència quan encara era una nena, i va passar per tots els graus del servilisme abans de fer el salt. De fet, però, qui la va descobrir va ser el fotògraf que, quan ella tenia tretze anys, li va fer la seva primera sessió «com a dona» i li va vaticinar el futur. La Vània va creure en ell, a més de creure en ella mateixa.

Quatre anys després, totes tres, quan encara no tenien divuit anys, van ser reclutades per a aquella portada de *Sports Illustrated*. Les portava l'agència Pleyel de París.
Al cap de pocs dies, el món sencer les havia batejat amb el nom de Wire-girls, per la seva primor paradigmàtica. La seva cotització es va disparar. Juntes van ser un model per a milers de noies, tan anorèctiques com elles per degeneració. Juntes van crear un estil que estava fins i tot per sobre dels estils que ja propugnaven la primor física, i juntes van sucumbir en pocs anys.

La Cyrille va ser la primera a morir, es va suïcidar quan va saber que tenia la sida. Es va escriure molt sobre el perquè de la seva decisió, però semblava obvi que una de les dones més belles del món no volia viure la seva decrepitud física. El cas de la Jess va ser més complicat. Primer, l'escàndol que hi va haver quan es va saber que havia avortat. Segon, la seva pròpia mort pocs mesos després de la de la Cyrille, causada per una sobredosi. Tercer, l'assassinat de l'home que l'havia introduït en el món de les drogues, el mateix Jean Claude Pleyel, que des de París portava les tres noies en exclusiva. L'autor del crim va ser Nicky Harvey, l'apassionat xicot de la Jess, venjador implacable de la dissort de la seva estimada. El judici del crim va acabar d'entelar la història de la dolça, rossa i virginal Jess Hunt. Imatge perfecta de l'Amèrica sana i meravellosa que preconitzen els mateixos nord-americans.

Finalment, la Vània.

Després de tenir un mig noviet als setze anys, el qual, evidentment, va sortir a la llum més tard per treure profit del tema, als disset li havia arribat l'èxit internacional per aquella famosa portada. A partir d'aquell mateix moment ho va començar a rendibilitzar al màxim. Als vint anys va tenir un idil·li molt sonat amb un famós cantant de rock espanyol. La Bella i la Bèstia. I quan en va tenir vint-i-tres, la boda inesperada amb un marxant d'art novaiorquès, seguida d'un divorci ràpid. Tot això en ple auge professional. Un any després tot es va capgirar definitivament. La mort de la Cyrille, la mort de la Jess, el judici del xicot de la Jess en el qual ella va haver de testificar, i l'adéu.

Tenia vint-i-cinc anys.

La mateixa edat que jo tinc ara.

Vint-i-cinc anys i va dir adéu, ho va deixar tot. La desaparició més inesperada. L'última pista de la Vània provenia d'una clínica on va intentar recuperar-se de l'anorèxia, quasi al límit.

Veient aquelles fotos, especialment les de la Vània, vaig saber que no m'esperava una feina fàcil. Era com si a un beatlemaníac li haguessin encarregat de buscar John Lennon viu. La Vània havia estat una musa, una imatge de marca, un mirall, un símbol..., moltes coses a més d'una nina partida. El món de la moda les va oblidar immediatament, totes tres. Cada any sortien noves cares, noves històries, i les passarel·les enaltien mitja dotzena de noves deesses de la imatge, amb estètiques noves i formes noves. La paraula clau era aquesta: *nou*. Jove i nou. Brillant i nou. Velocitat.

De tota manera, la fascinació que les Noies de Filferro havien exercit sobre les adolescents d'aquell temps crec que encara no s'havia superat. A pesar del seu aspecte malaltís per culpa de les drogues i l'anorèxia –els autèntics flagells d'aquest ambient tan dur–, havien estat estimades, desitjades, utilitzades.

Un model a seguir.

Semblava una broma, el pitjor dels contrasentits. Un model a seguir i la seva fi havia estat tan trista com...

Què se n'havia fet, de la Vània?

Per què, durant deu anys, aquell silenci devorador?

I si, comptat i debatut, era morta?

No sabia per on començar, però no em vaig traumatitzar. No era la primera vegada que havia de fer de detectiu privat seguint una pista, cercant una dada o guiant-me entre tortuositats impensables amb l'objectiu de trobar el que necessitava per a un reportatge. I aquesta tampoc no havia de ser l'última.

Vaig dir el mateix que diu Escarlata O'Hara a l'escena final d'*Allò que el vent s'endugué*:

–Demà serà un altre dia.

I me'n vaig anar a dormir amb el cap ple de Cyrille, de Jess i de Vània.

Sobretot de Vània.

3

La majoria dels personatges de la història vivien fora, a París, Los Angeles, San Francisco, Nova York o Madrid, de manera que vaig pensar que el més lògic era començar pel que tenia més a prop.

I res més proper a la Vània que la seva única família: una tia, la germana de la seva difunta mare.

Em vaig tornar a llevar tard, a les deu, però aquest cop no havia d'anar a la redacció i, per tant, m'ho podia permetre. M'encanta llevar-me al meu aire, sense el maleït ensurt habitual del despertador. Em vaig poder estirar, vaig fer una mica de gimnàstica per estar en forma, em vaig dutxar, afaitar i vaig esmorzar. Quan vaig sortir de casa ja tenia les primeres adreces. Els nostres serveis d'informació i documentació funcionaven bé. És a dir: la Carmina funcionava bé. Era el millor que tenia *Z. I.* M'hauria casat amb ella si no fos que preferia els homes més grans i tenia deu anys més que jo.

Aquest cop vaig agafar el cotxe, per si de cas. No se sap mai on pots arribar a portar algú mentre li treus informació.

La Lluïsa Cadafalch era una vella prematura de seixanta-cinc anys. Dic *prematura* perquè, a penes la vaig veure, vaig saber que sempre havia estat així, una dona solitària i amb un pòsit d'amargor emmagatzemat com una marca de naixement als seus gens i a les seves arrels. Era alta, seca, de to adust i mirada ferma, greu, tan greu com la seva roba austera, negra de dalt a baix. No li havia trucat prèviament per quedar; pel que es deia d'ella als articles de feia una dècada, no m'hauria rebut ni anunciant-li que era la guanyadora d'un concurs sorpresa de televisió. Així doncs, la meva única opció era presentar-me directament a casa seva i provar sort. La mare sempre diu que «em faig estimar» per les dones, que la majoria em «volen adoptar» de seguida que em veuen perquè els desperto de manera fulminant el seu «instint maternal». I qui sóc jo per discutir amb la mare una cosa tan peculiar? Ella, d'aquestes coses, en sap més que jo.

Tot i així, a la Lluïsa Cadafalch no l'hauria seduït ni el Paul Newman, més gran que ella però encara capaç d'enamorar segons la majoria.

Em va mirar desconfiada. M'havia esquitllat a l'edifici darrere d'una veïna, i ara em trobava al seu replà. Era l'única manera de superar el possible obstacle, en el cas que no m'hagués volgut obrir la porta del carrer en saber que era de la premsa. Era llesta. Va saber a l'instant el motiu de la meva visita. Per què, si no, la volia veure un membre del «Quart Poder»?

–Miri, ho sento, però no tinc res a dir –va objectar, sense dissimular la mala gana.

–Senyora, sé que han passat deu anys, però... No faig més que complir ordres. No sóc un *paparazzi*, l'hi asseguro. Només miro de...

Li vaig mostrar les meves mans netes de sang. Ni una càmera. Això la va tranquil·litzar, però no es va moure de l'entrada.

–Volen tornar a remoure tota aquella història?

–Aviat farà deu anys, ho ha d'entendre.

–No, no ho entenc –va negar amb el cap–. Va ser molt trist, i ara em sembla carronyer. La meva neboda és morta, oi?

–Com diu?

–Morta, sí –va insistir–. Per força ha de ser morta. Ningú no desapareix sense deixar rastre. I ja han passat deu anys. Això és molt temps. No creu que, si fos viva, jo ho sabria?

–Així doncs, no li importa que en parlem...

Va sospirar. Semblava esgotada, i això que encara no havíem començat de debò.

–Què vol? –Va mostrar un petit indici de vulnerabilitat.

–Parlar amb vostè. Només cinc minuts. No és gaire.

–Perquè després escrigui qualsevol porqueria sobre la Vanessa?

–Si he acceptat aquest encàrrec és, precisament, perquè jo l'adorava, senyora. Vull parlar de la seva part humana, de la persona que hi havia en ella darrere de tota la resta.

Em va mirar com si això canviés una mica les coses. I per sort també li va canviar la cara: de fera a resignada.

O bé podria ser que la meva mare tingués més raó que una santa, i realment jo sempre aconseguís entendrir les dones. Fins i tot les més dures.

–Passi –es va rendir.

Vaig passar, abans no canviés d'opinió. Va tancar la porta i després em va precedir per un passadís llarg i tenebrós que es va anar fent més clar cap al final. La sala, que donava a una galeria, era molt més agradable. Antiga i senyorial, però agradable, no pas carregada de passat. Tot estava molt net, ordenat, a lloc. Aquí pau i després glòria. Vaig esperar que em digués on havia de seure, i ho vaig fer. Res de butaques o de sofà. Una cadira, dura i espartana. No vaig treure cap bloc, per no impressionar-la ni inquietar-la. Les credencials de periodista i de *Z. I.* ja les havia guardat.

–Vol beure alguna cosa?

–No, gràcies. L'hi agraeixo.

–Bé –i va encreuar els braços–. Sabia que tard o d'hora tornarien i no em deixarien en pau. Espero que vostè sigui el primer i l'últim.

Jo també ho esperava.

Vaig intentar no anar directament al gra, o sigui, per què segons ella havia de ser morta. Vaig optar pels circumloquis.

–Senyora Cadafalch, com la recorda?

–Que com la recordo? –La seva cara es va revestir d'abstraccions–. Doncs com una nena que ho va tenir tot i no se'n va adonar. Li va passar massa aviat. La bellesa no sempre és fàcil de portar, tot i que no vaig entendre mai la commoció que van causar ella i les seves amigues. Estaven massa primes. A vegades penso que va ser una maledicció. La meva germana petita també era molt guapa.

–Per què no van estar més unides? –vaig fer la primera pregunta delicada, potser massa aviat.

–Quan la Mercedes, la mare de la Vanessa, va quedar en estat, va ser molt dur. Ella mateixa es va apartar de la família, per vergonya, i perquè, malgrat tot, estimava aquell fill de... –es va empassar l'expressió–. Jo vaig saber que sortia amb un home casat quan ja era tard. Després, va optar per ser valenta i tirar endavant tota sola. Ens vam distanciar. La Vanessa va créixer només amb la seva mare, jo la veia molt poc, i quan la Mercedes va morir i la meva neboda es va quedar sola...

–Ja era molt guapa.

–Sí.

–No necessitava ningú.

–Això és el que devia pensar ella, però jo l'hauria ajudat, sap?

Vaig suposar que era cert, però no m'imaginava la Vània vivint amb la seva tia o deixant que la tia es convertís en la seva consellera, en la seva amiga, en la seva padrina...

–Eren amigues?

–Sí –va dir, segura de la resposta–. Però crec que jo li recordava el passat. La Vanessa m'estimava. Ho sé. Però només confiava en la seva criada. De fet, ella deia que era més aviat la seva «noia-per-a-tot», secretària, assistenta, protectora... No sé d'on la va treure. Era mulata, sud-americana o alguna cosa així. Aquella dona la cuidava, la protegia, la mimava.

–Sap com es deia?

–No.

–I on pot ser ara?

–Tampoc no ho sé. Em sembla que quan la Vanessa es va casar amb aquell impresentable, ella se'n va anar. Però no n'estic segura. De tota manera, i digués el que digués la meva neboda, era la seva criada i prou. Li va agafar afecte i confiança, però...

–Sap si la Vània, perdó, sap si la Vanessa –em costava no dir-li pel nom artístic i professional– es va posar en contacte amb el seu pare després de la mort de la seva mare?

–Ho dubto. Quin cretí! No n'ha sabut mai res, d'ell, tret que es deia Vicente Molins, que vivia a Madrid i que passava molt temps fora de casa.

Tenia les dades del pare de la Vània, o sigui que no vaig continuar per aquesta pista. A la Lluïsa Cadafalch li molestava parlar d'ell, i jo no sabia quanta estona aguantaria l'interrogatori.

–Què recorda de quan la Vanessa se'n va anar?

–No gran cosa. Jo no hi era, de manera que... –va posar cara de resignació–. Després del judici per l'assassinat d'aquell home, va freqüentar una clínica per tractar l'anorèxia abans no fos massa tard, i després... va fer les maletes i se'n va anar. N'estava farta. Farta de tot, com ja es va dir aleshores. Em va trucar, em va dir que seria fora durant molt de temps, i això va ser tot. Li vaig preguntar on anava, em va dir que encara no ho sabia, però que necessitava descansar i reflexionar. La vaig notar molt cansada, esgotada. De sobte, un bon dia em van telefonar (jo era l'únic familiar legal perquè el seu pare no comptava) i em van dir que havia de recollir les coses que la Vanessa havia deixat al seu pis. Era de lloguer i se li havia acabat el contracte. No havia volgut tenir mai res de propietat, això sí que ho sé. Deia que tot era efímer... o sigui que posava els diners que guanyava en un banc i llestos.

–Quan li van trucar per això del pis, quant temps feia que se n'havia anat?

–Dos anys. Va deixar pagat el lloguer d'aquests dos anys per mitjà d'un compte bancari. Ni hi va enviar més diners ni es va tornar a posar en contacte amb els administradors per renovar el contracte, no va fer res de res. Com que no sabien on localitzar-la, em van avisar a mi. Al pis tampoc no hi havia gran cosa. Vaig salvar un parell de capses amb fotografies familiars, i la resta la vaig donar a beneficència, tot i que, com ja li he dit, no hi havia gaire res. La roba i els objectes personals se'ls havia emportat.

–De tota manera, si pagava el lloguer del pis és que pensava tornar.

–Exactament.

–És per això que pensa que és morta?

–No hi veig cap altra possibilitat.

–També se'n podria haver anat a algun lloc, lluny de tot.

–I la fama? –Ho va dir com si això fos terminant–. La Vanessa es va fer famosa. Era famosa. A vegades, les estrelles, de tota mena, es cansen de la fama. Però tard o d'hora hi tornen.

–Algunes no. Recordi la Greta Garbo.

–Oh, sí, d'acord... Però només casos aïllats.

–Podria ser el seu.

Va notar que jo estava a favor de la Vània. M'ho va veure als ulls. Això la va tranquil·litzar una mica. En alguns moments, sota la seva crosta endurida apuntava la humanitat d'una dona que parlava de la seva única neboda, la inesperada *top model* producte d'una bogeria de la seva mare.

–Crec que si la Vanessa fos morta s'hauria sabut, i a vostè l'hi haurien notificat –vaig insistir.

–Jo crec que si fos viva, deu anys són molts anys per no posar-se en contacte amb la seva única família.

Estàvem empatats.

I no només això: la meva primera i millor pista per saber la veritat no havia donat resultat.

La pregunta era: si la Vània encara vivia, qui ho podia saber?

4

Començava a ploure quan vaig aparcar el cotxe a menys de vint metres de l'edifici on el Carles Sanromán encara tenia el seu estudi de fotografia. Feia vint-i-dos anys que, allà mateix, l'adolescent Vanessa Molins Cadafalch s'havia començat a transformar en la Vània, la *top model*. Una portera de les d'abans, robusta i majestuosa, em va preguntar quina era la meva destinació, tot i que pel meu aspecte ja podia deduir que anava a l'estudi de fotografia. Li ho vaig confirmar, i això va ser tot. L'ascensor em va deixar a l'àtic.

Sabia que moltes de les persones a les quals volia entrevistar no aportarien res o gairebé res a la història, i segur que no sabrien on parava la Vània. Però eren necessàries per al reportatge, independentment del fet que al final localitzés o no el meu objectiu. El temps sempre acostuma a donar una perspectiva diferent de les coses, fa que els involucrats es tranquil·litzin i, quan miren enrere, se senten fins i tot més lliures, més equànimes. El fotògraf que li havia fet aquella primera gran sessió i les fotos que li havien obert el camí, el noviet que havia tingut als setze anys, el seu pare..., tots eren ingredients superflus per a la part final de la història, la desaparició de la Vània, però essencials per a un reportatge que havia de parlar d'ella des del punt de vista de la seva vida, de la seva carrera, de la seva persona.

I tanmateix... vés a saber. Si no fos optimista, no em dedicaria a això. Seria entrenador de futbol.

El Carles Sanromán s'acostava als seixanta anys, i em va obrir la porta armat d'una espectacular Nikon de les d'abans. El seu estudi ocupava tot l'àtic, era lluminós i obert, espaiós i sense res que impedís fer fotos des de qualsevol racó. Darrere seu vaig veure una model que s'estirava, aprofitant el breu descans que li oferia la meva visita. Estava dreta, davant d'un fons de color vermell brillant, res més. Segurament preparaven una col·lecció de vestits de bany, perquè en portava un d'una sola peça, extremament cenyit. Em vaig haver de concentrar en el fotògraf.

–Hola, em dic Jon Boix. M'agradaria parlar amb vostè cinc minuts.

–Ara tinc una sessió, noi –per què la gent insisteix a dir *noi* als que tenen menys de trenta anys?–. Temo que... –va callar de sobte i va arrufar les celles–. Boix?

El meu cognom no és gens comú. I a vegades et trobes gent que té memòria i tot.

–Sóc fill de la Paula Montornés i del Jaume Boix.

–Què dius ara! –li va canviar l'expressió.

–És important –vaig aprofitar per acabar de concretar l'assumpte.

–Passa, home, passa –es va apartar–. D'aquí a quinze o vint minuts hauré enllestit –va fer un gest significatiu i va afegir–: primer he d'acabar la sessió, ja saps que aquestes costen diners.

La paraula *aquestes* feia referència a la model, que ara esperava amb els braços encreuats i cara d'avorriment.

Em vaig ficar cap dins. Sabia per experiència que quan un fotògraf està en plena sessió no li agrada tenir públic, i el mateix es pot dir de les models. Acostumen a

estar tipes de curiosos a qui els cau la bava. De tota manera, la model del Carles Sanromán no era precisament una *top*, es notava. Com ella n'hi havia a cabassos, totes aspirants a la glòria, encara que mentrestant s'haguessin de conformar a esgarrapar una mica d'aquí una mica d'allà.

–On em puc...?

–Espera't aquí, no trigaré.

Va obrir una porta que donava a una mena de vestidor. A dins hi havia els vestits de bany que s'havia posat o encara s'havia de posar la model, i també la seva roba. Aquell espai feia alhora de sala d'estar, de saló de maquillatge –hi havia un gran mirall ple de llums– i, per descomptat, de vestidor.

Vaig llançar una última mirada a la noia. Era preciosa.

–Per cert –em va mirar de fit a fit abans de tornar a aprofitar el temps que pagava a preu d'or–: de què em vols parlar?

–De la Vània.

–Oh!

Va obrir els ulls, va assentir amb el cap i això va ser tot. Es va retirar.

No van ser vint minuts sinó trenta, però tampoc no vaig estar tota l'estona tancat allà dins. Dues vegades es va obrir la porta i va entrar la model, per canviar-se.

–Em permets?

–Esclar.

Em vaig esperar a fora, sense dir res. Mentrestant, el Carles Sanromán canviava els llums, movia el paraigua, apujava el fons de color vermell i en desenrotllava un altre de color verd. En un racó de l'ampli estudi hi havia una infinitat d'objectes d'attrezzo: cadires, butaques, columnes, barrets, pells, motius ornamentals diversos. Les fotografies sempre són petits espais acotats amb les coses al seu lloc, ben posades, com a les pel·lícules. Però fora de la càmera el món canvia, es fa caòtic.

La primera vegada la noia va sortir amb un biquini diminut, de color taronja. La segona ho va fer amb un vestit de bany negre d'una sola peça. En les dues ocasions ens vam mirar. Jo amb interès. Ella sense una passió excessiva. Per a una model, no n'hi ha prou amb ser atractiu. O sigui que jo devia ser un de tants per a ella, encara que no es tractés d'una *top* famosa.

Plovia molt.

Al cap de trenta minuts, després de les últimes fotos, la noia va tornar al vestidor i jo en vaig sortir per parlar amb el Carles Sanromán. Se la veia cansada.

–Així doncs... –el fotògraf em va passar una mà per l'espatlla–. Així doncs, voleu remoure el tema, eh?

–Fa deu anys que la Vània va desaparèixer.

–Deu, ja? –va xiular–. Vols seure?

De fet no hi havia lloc per seure, si no és que rescatàvem un parell de cadires de la zona de l'attrezzo. Li vaig dir que no i ens vam acostar al finestral.

–Com està la teva mare?

–Molt bé.

–Veig la revista cada setmana, per descomptat. És de les poques coses intel·ligents que es fan ara mateix en aquest país. El sensacionalisme just, la veritat justa, la imatge justa, el text just. Ni més ni menys.

Si la meva mare sentís dir que a *Zones Interiors* hi ha «el sensacionalisme just», li agafaria un atac. Es vantava de ser l'única que feia una revista sense la morbositat del sensacionalisme, o sigui, sense res de «groc» a les pàgines.

–Doncs..., tu diràs –em va invitar a començar l'interrogatori.

–Vull fer una retrospectiva, parlar d'ella i també de la Jess i de la Cyrille. Però no només això. També em pregunto on pot ser la Vània.

–Només tu? A vegades jo també m'ho pregunto. Va desaparèixer del planeta, i això és insòlit.

–Ningú no desapareix sense deixar rastre –vaig argumentar.

–Doncs ella ho va fer, ves per on. Allò va ser... –va tornar a reflexionar sobre la qüestió del temps–. Ja fa deu anys! És increïble!

El Carles Sanromán tampoc no tenia cap pista d'on parava, era obvi.

–Com deu ser, ara? –li vaig preguntar.

–Uf! –va decantar el cap, com si li costés un gran esforç imaginar-s'ho–. L'anorèxia quasi la va matar, ho deus saber, però en el seu cas... era preciosa, única. Ara tindria trenta-cinc anys, o sigui que... La plenitud, noi. La plenitud. Tota una dona.

Se'm va fer un nus a la gola. A vegades penso que les coses boniques haurien d'existir eternament.

–Sempre va ser anorèctica?

–No, i ara! Al començament era una noia normal, alta i prima, això sí, però normal. Es va començar a passar, perquè realment es va passar, a partir dels quinze o setze anys. En aquella època, el culte a l'esquelet més que a la forma femenina es va convertir en religió oficial. Els modistes les volien sense res, sense pit, sense malucs, quasi sense rostre; encara que sembli una contradicció les volien andrògines, per poder-les modelar com els donés la gana a cada nova col·lecció i a cada nova desfilada. Pur *cool*, pura fredor. Però, esclar, no totes servien. No n'hi havia prou amb el fet d'estar primes. La màgia d'aquestes noies està en el que desprenen, en el que emanen. És com una aroma visual que les distingeix. I això, o es té o no es té. Aquesta és també la diferència entre una model normal i una *top*. La Cindy Crawford no era precisament superprima. Estava bé. La Vània, la Jess i la Cyrille eren més del tipus Stella Tennant, Trish Giff, Kate Moss... Bé, ja ho saps, elles van ser un símbol i per això les van batejar com les Wire-girls.

–Com recorda aquells dies? El primer cop que la va veure, què va passar amb les seves fotos...

–No sé què dir-te –va somriure melancòlic–. Hi ha coses que només passen una o dues vegades a la vida, i encara. El tipus que va descobrir la Rita Hayworth, el tipus que va fer aquells nus de la Marilyn Monroe... Jo m'he passat la vida fotografiant noies –va assenyalar la porta darrere la qual hi havia la model canviant-se–. Totes són boniques, o totes tenen alguna cosa especial... Si no fos així, no servirien per ser models. Però quan vaig veure la Vània a través del visor de la càmera... Ho inundava tot, m'entens? Es pot estudiar per a model, d'acord, però ningú no et pot ensenyar com es mira la càmera. Hi ha mirades que ho són tot. I en el seu cas, tota ella sobreeixia, superava l'espai, se't ficava a dins. Atreia la mateixa càmera, i això és essencial! No es tractava només d'aquells ulls sempre tristos, l'aspecte lànguid, la innocència plena de tendresa; també hi havia el morbo que tot això produïa. Tenia tretze anys. Tretze! Però no em vaig equivocar. Al cap de quatre anys ja estava a dalt de tot. Jo crec que la Vània va néixer sense edat. Et podria dir la clàssica frase: «Era una dona atrapada en un cos de nena» i bla, bla, bla, però era molt més que això.

–La veia sovint?

–Després del salt que va fer, ja no. Sóc un bon fotògraf, em guanyo bé la vida, però no era ni sóc Richard Avedon. Ni la Paula Montornés –va somriure–. Vaig guanyar bastants calés amb aquelles fotografies i amb altres que li vaig fer abans dels setze anys, però després d'allò... I no em queixo –va moure el cap amb tristesa–. No tothom té aquesta sort, saps? No he tornat a sentir mai més el mateix. Una vegada i prou. Amb ella. Totes són precioses, totes fan que els homes les mirin i les desitgin; però només hi va haver una Vània, com només hi ha hagut una Jess Hunt, una Cyrille, una Linda Evangelista, una Naomi Campbell, una Cindy Crawford o una Claudia Schiffer –va tornar a canviar el gest–. Mira la Schiffer, per exemple. No és guapa. No ho és gens! Però sap posar, i brilla com una deessa. Però, segons com, és fins i tot lletja, de debò!

La porta del vestidor es va obrir. La model, ja vestida de carrer, amb uns texans, una brusa i una caçadora, molt normal i discreta –tot i que a mi em continuava semblant una preciositat–, ni tan sols se'ns va acostar. Feia pinta de ser molt seriosa, o potser estava preocupada per alguna cosa.

–Adéu –es va acomiadar des de la porta.

–Adéu, nena –es va posar condescendent el fotògraf.

Va desaparèixer, i jo vaig continuar parlant del toc diví i humà d'aquelles nenes deesses amb el Carles Sanromán, furgant en els seus records, molt generosos pel que feia a la Vània.

5

 Quan vaig abandonar l'estudi del Carles Sanromán, poc menys de mitja hora després, encara diluviava i la model continuava a baix, a la porteria. Esperava un taxi, que no hi havia manera que passés. La cortina d'aigua, primaveral, generosa i abundant, era capaç de deixar-te completament xop al cap de només una dotzena de passes.

Em vaig aturar al seu costat perquè jo tampoc no portava paraigua, tot i que tenia el cotxe tan a prop que no em calia.

–Hola –vaig dir afablement.

Va girar el cap, em va reconèixer, però es va quedar tal qual.

–Hola –es va limitar a respondre'm sense entusiasme, més preocupada per la pluja que per cap altra cosa.

–Tinc el cotxe aquí mateix –li vaig oferir–. Vols que et porti a algun lloc?

Em va tornar a mirar, ara amb una mica més d'interès, però també amb els dubtes habituals. A una noia com ella els homes se li deuen enganxar com una paparra. Homes de totes les edats.

–Ets model? –va indagar.

–Jo? –Em vaig sentir afalagat–. No, no.

–Però estàs ficat en aquest món? –va continuar, després de clavar una ullada a la meva indumentària.

–Què vols dir «en aquest món»?

–Doncs... en aquest món –va arronsar les espatlles.

–Treballo a *Zones Interiors* –la vaig informar.

Va arquejar les celles. Quan va recuperar l'expressió normal, estava una mica més dòcil. Em donava un marge de confiança.

–La veritat és que em faries un favor –va reconèixer–. No vaig gaire lluny, però amb aquest xàfec...

–On vas?

–Tinc un càsting a la Gran Via cantonada amb rambla de Catalunya, i si hi arribo gaire tard...

Fotografies, alguna desfilada de pentinats, de sabates o de moda, sortir d'extra a qualsevol pel·lícula o d'hostessa a qualsevol programa estúpid de la tele... Supervivència. No li vaig haver de preguntar res més.

–D'acord. Tinc el cotxe aquí.

No es va moure, era obvi que si feies una dotzena de passes quedaves completament xop.

Vaig captar la seva indirecta.

–No et preocupis. Hi vaig, agafo el cotxe, m'aturo aquí davant mateix, obro la porta i t'hi fiques, d'acord?

Vaig aconseguir fer-la riure.

–D'acord –va sospirar.

Sóc amable amb les noies. Un defecte com qualsevol altre. Sempre he intentat tractar-les bé, encara que elles em tractin malament. Potser és perquè no les entenc, o perquè vaig créixer amb una mare forta que també em feia de pare, o perquè sóc un romàntic. Em desarma una cara bonica, o algú de l'altre sexe amb el carisma suficient per fer-me somiar, emocionar.

Vaig sortir de l'aixopluc de la porteria, vaig caminar arrambat a la paret amb les claus preparades a la mà, em vaig precipitar sobre el meu cotxe i m'hi vaig ficar. Van ser a penes dos o tres segons sota el ruixat, però suficients perquè m'ho notés de cap a peus. Després vaig tancar la porta, vaig engegar el motor, vaig sortir de l'aparcament i vaig avançar a poc a poc fins a situar-me davant de la meva nova amiga. Li vaig obrir la porta.

Gairebé es va llançar de cap dins el cotxe.

Després, va tancar la porta i es va espolsar els cabells, per assecar-los. Els tenia molt negres, arrissats, llargs fins a les espatlles. Els ulls també els tenia negres, i els llavis, generosos, molsuts. Devia tenir uns dinou anys, com a màxim vint. Però això era ara que la veia de prop. De lluny, o maquillada, podia aparentar l'edat que volgués, trenta fins i tot. I ja l'havia vist sense roba, de manera que sabia que era suggeridora.

–Gràcies –va sospirar, un cop recuperada.

–Com et dius?

–Sofia.

–Sofia què?

–Només Sofia.

Com la Vània. Només Vània. O la Cyrille.

–Jo em dic Jon Boix.

–John? –va anglosaxonitzar.

–No. *Jon. Jota o ena*. De Jonatan.

Va venir un cotxe pel darrere que em va fer llums, de manera que vaig tornar a engegar el meu per dirigir-me a la nova destinació com a xofer de la noia. Només entrar a l'avinguda ens vam trobar amb un embús horrorós.

–Merda –va remugar la model–. Si no hi sóc abans de quinze minuts!

–Hi seràs.

Com que volia complir la meva paraula, em vaig concentrar en la conducció. De tota manera, vaig tenir sort. En primer lloc, va parar de ploure al cap de cinc minuts, quasi de cop. En segon lloc, vaig encertar-la en agafar un camí més llarg però també menys conflictiu.

–Quin cotxe és, aquest? –em va preguntar, mirant admirada el meu dues places.

–Un Triumph. És un clàssic.

–Ja –va dir amb el to de qui avalua–. Prefereixo les motos, però reconec que no està gens malament.

–També tinc una Harley.

Això va ser definitiu.

–I què fas a *Zones Interiors*?

–Reportatges i fotografies.

–*Freelance?*

–No, fix.

Tenia ganes de preguntar-li quant temps feia que posava, però me'n vaig estar. La seva edat real no es corresponia amb l'anímica. Semblava que hagués viscut molt, que fos una persona adulta, o que s'ho hagués passat molt malament. Als dinou o vint anys, moltes noies eren veteranes en un negoci que cada cop les volia més joves i les cremava abans. Si no recordava malament, les últimes guanyadores del concurs Elite Premier Look –el certamen anual de noves cares de l'agència Elite, una de les més importants de França– tenien quinze anys: Yfke Sturm, Emma Blockstage, Sandra Wagner... A vegades quedava al·lucinat. Com podien triar la millor entre cent noies veritablement excepcionals, guapíssimes, vingudes d'arreu del món? Per què l'afortunada guanyava i es convertia en la nova *top* de l'any, la promesa del futur? Es tractava d'allò que havia dit el Carles Sanromán, aquesta cosa indefinible que només té una entre un milió, quasi màgica, que t'atrapa i t'enamora, siguis d'on siguis, tinguis l'edat que tinguis, i facis el que facis, sempre que siguis un ésser humà capaç d'emocionar-te? Tretze, catorze, quinze anys. Amb l'edat de la Sofia, una model ja sabia on podia arribar, què podia esperar de la vida i de la seva carrera.

Moltes es prostituïen abans.

No vam poder continuar parlant. Érem a la nostra destinació.

–No tinc res a fer –de sobte se'm va ocórrer mentir–. Vols que t'esperi i després prenem alguna cosa?

Va considerar la meva oferta. Però més aviat devia considerar el fet que jo fos periodista i fotògraf i treballés a *Zones Interiors*, per què m'havia d'enganyar? Els seus dubtes mentals van ser pocs i els va resoldre de seguida.

–D'acord.

Vaig entrar a l'aparcament directament, i vam pujar a corre-cuita perquè el temps se'ns havia tirat a sobre. El càsting es feia en una agència de repartiment d'una productora. Buscaven personal per a una sèrie de televisió. Havien de cobrir unes quantes places amb noies d'entre divuit i vint-i-dos anys, una secretària, una estudiant, una germana petita...

Vam quedar a la porta, però no em vaig conformar a esperar. Si algú em preguntava alguna cosa, sempre podia ensenyar la meva credencial de periodista. Però ningú no em va dir res. Tothom anava de cul, com nosaltres el dia que ens toca tancar la revista. D'una banda, hi havia la cua, una dotzena de preciositats amb les seves carpetes de fotos i els seus currículums professionals; de l'altra, els que els agafaven les dades i els feien les proves, amb la càmera a punt, en una habitació la porta de la qual s'obria i es tancava a una velocitat vertiginosa que a penes vaig intuir. La noia que estava més estona a dins no superava el minut. Segurament li demanaven que digués alguna cosa, la filmaven, i adéu-siau. La resta sentia la cantarella de sempre: «L'avisarem si hi ha res.»

No trucaven mai.

Algú aconseguia la feina, el paper, però a vegades semblava que aquest algú fos fictici, irreal. Per a la majoria, simplement es tractava d'intentar-ho i esperar un miracle, un cop de sort, que el productor o el director descobrissin alguna cosa que ningú no havia copsat fins llavors.

Vaig mirar la Sofia, a la cua, concentrada llegint el paper que li havien donat.

Era de molt la més guapa, la més alta i la més sexi de les que s'esperaven, però amb això no n'hi ha prou per ser una bona actriu. Ni tan sols una actriu mediocre. Però moltes models creuen que sí, que és suficient, i ho intenten. És un món estrany en què sortir de la mitjana no sempre serveix per a alguna cosa favorable. Desil·lusions i desenganys és el que més hi sol haver.

Tanmateix, cada any una nova generació d'adolescents que es convertien en aprenents de dona somiaven ser models, lluir vistosos vestits a les passarel·les, viatjar, ser famoses, anar a festes, guanyar trenta mil euros al dia i enamorar cantants de rock, o, si més no, models masculins tan de pel·lícula com ho pretenien ser elles.

La Sofia es va estar quaranta segons darrere la porta.

Alguna cosa em deia que no era bona, però que almenys la sabia llarga i tenia penques. Ignorava si amb això n'hi havia prou, però vaig pensar que no.

Intuïa que potser el fet de parlar amb una model de carn i ossos, encara que no fos una *top*, ni tan sols una de les de la passarel·la, m'ajudaria a fer-me una millor composició de la Vània.

O és que l'únic que pretenia era lligar?

–Anem? –Es va plantar davant meu amb la mateixa cara inexpressiva.

–Com ha anat?

–A tu què et sembla?

Valia més no preguntar res.

Vam sortir i vam creuar el carrer. Ens vam asseure a la terrassa de l'Otto Sylt.

6

Ja no plovia, i les cadires de la terrassa que hi havia a la vorera de la Gran Via estaven seques, o bé perquè la terrassa estava protegida per un tendal, o bé perquè els cambrers les havien tornat a treure no feia gaire. Hi havia algunes taules ocupades i el sol pugnava per sortir.

Quatre estudiants ociosos d'una de les taules van cobrir la Sofia amb quatre mirades denses. Per la cara que van posar els vaig endevinar el pensament. Quan era més jove, jo també havia jugat a això. Tot seguit em van mirar a mi i van sospesar què tenia per estar amb una noia tan guapa. Després van tornar a les seves coses, però per si de cas em vaig asseure d'esquena a ells. L'efecte «catàrtic» que provoquen les models, encara que potser en veure-les un no sàpiga que ho són, és força sorprenent. De fet, però, la Sofia simplement era atractiva. Potser no era el morbo intern que hi ha dins de cada model o candidata a ser-ho.

Encara no havíem dit res i ja havia vingut el cambrer. Jo només volia una cervesa, però, per l'hora que era, no em va estranyar que la Sofia demanés un entrepà.

–Podíem haver anat aquí al costat –li vaig suggerir assenyalant el restaurant contigu, La Tramoia, especialitzat en tapes ràpides però bones.

–Tant se val.

Em vaig haver d'empassar l'error.

–Et dec un sopar, d'acord?

–D'acord –va acceptar.

Ens vam quedar mirant uns quants segons, dos o tres, fins que ella es va bellugar, neguitosa. Alguna cosa em deia que vivia una mica a la babalà, i que era un nervi actiu no sempre ben dirigit.

–M'encanten els teus cabells –vaig dir sense gràcia.

–Gràcies.

I els ulls, i els llavis, i el cos, i les mans.

–Ets amic del Carles Sanromán? –li va tocar el torn a ella.

–No, era la primera vegada que el veia.

–Per qüestions de feina?

–Sí. Estic investigant què va passar amb una model famosa de fa deu anys: la Vània.

–La conec. A l'acadèmia me'n van ensenyar fotos.

–Vas anar a una acadèmia de models?

–Durant algun temps, sí. Fins que me'n vaig cansar. Quina trepa!

–Doncs continua sent el millor lloc perquè t'ensenyin l'ofici.

–Ja –no semblava estar gaire d'acord amb la meva apreciació, però crec que sabia que era cert, perquè de seguida va substituir la cara de fàstic per una expressió de resignació, com si no volgués dir res més sobre el tema–. No se n'ha sabut res més, oi?

–De la Vània? No. Res. Van morir les seves dues amigues, la Cyrille i la Jess Hunt, el xicot d'aquesta última va matar el propietari de l'agència que les contractava, després també va morir el noi, i finalment la Vània va desaparèixer.

–Coi, no m'estranya!

–Però ningú no es pot esfumar durant deu anys sense deixar rastre.

–Tens alguna teoria?

–Que només pot estar viva o morta.

Vaig aconseguir fer-la riure, tot i que no m'ho havia proposat.

–Fa molt que estàs ficat en el tema?

–He començat avui.

–I quant temps dediques a investigar una cosa així?

–El que faci falta.

–Doncs et deuen pagar molt bé.

Sabia que després de deixar-la compraria immediatament *Zones Interiors* per llegir alguna cosa meva. I sabia que no trigaria a descobrir que em dic igual que la directora i editora, perquè sempre he signat Jon Boix Montornés. Per tant, vaig preferir dir-li-ho jo mateix.

–Tinc un sou, sí, faci el que faci. Però també tinc la sort de ser bo, de ser fill de dos grans professionals del periodisme i de la fotografia, dels quals he après, i la sort que la meva mare sigui propietària i directora de *Zones Interiors*.

Va arquejar les celles. La vaig deixar perplexa.

–Genial –va moure el cap de dalt a baix–. Això és el que jo en dic tenir les coses ben lligades. I el teu pare?

–Va morir en un accident de cotxe en el qual la mare també en va sortir malparada.

–Ho sento. –Vaig notar que es commovia–. Tens germans o germanes?

–No.

–Jo tampoc –em va mirar als ulls d'una manera especial–, i el meu pare també va morir quan jo era petita.

–Vaja! Sembla que la dita «mai no s'ajunten si no s'assemblen» sigui veritat.

–Tu creus en allò que va dir John Lennon, que créixer sense pare et fa paranoic?

–No ho sé.

–Una mica estranys sí que ho som, oi?

–Depèn. Com és la teva mare?

–És boja.

–Vius amb ella?

–No, amb una amiga. Compartim un petit pis de dues habitacions i parets de fullola. Però està prou bé. Vaig pirar ja fa tres anys. No la suportava més. Tampoc no és que em faci mala sang amb això: viu amb una germana soltera, així doncs, ja està bé. M'esbronca contínuament, però bé.

–Per què vas decidir ser model?

–Tenia dotze anys quan vaig fer el canvi, em vaig estirar, em van sortir totes aquestes coses –va moure descaradament les mans davant dels pits–, i tothom deia el de sempre, que estava boníssima i que si era tan guapa, i que si això i allò, i que si el de més enllà. Naturalment la meva mare deia que a veure si enxampava un nòvio amb diners i feia un bon casament. O sigui que ser guapa em servia per això, captes? Com et pots imaginar, em vaig rebotar. Em vaig buscar la vida, però també volia ser lliure. Sobretot això: ser lliure. No haver de dependre de ningú tret de mi mateixa, fer el que jo volia i prou. No deien que estava tan bona? Doncs me'n vaig anar a una acadèmia i em van ensenyar a moure'm, a tenir gràcia, a...

–Quina edat tenies?

–Setze anys –em va posar la mà al davant–. Ja sé que vaig començar tard, però la meva mare no em volia pagar les classes perquè deia que acabaria sent qualsevol cosa. Així doncs, em vaig haver d'espavilar, treballar i pagar-m'ho tot. No m'ha estat fàcil, saps?

–No ho és mai.

–Ja ho sé –va assentir amb el cap–. Però almenys hi estic ficada, tinc algunes oportunitats i me'n busco de noves. A vegades em va bé i a vegades em va malament. No crec en la sort, crec en la feina, però reconec que la sort és necessària. La sort i conèixer gent. Una cosa et porta a l'altra, i així vas tirant.

–No vas començar tard –vaig rectificar la seva afirmació.

–Les grans models les descobreixen quan encara són jovenetes, com tu. Jo, amb l'edat que tinc, començo a ser massa gran per a aquest món.

–Amb dinou anys?

–Quasi vint.

–Què va dir la teva mare quan...

–T'ho pots imaginar. Que si em convertiria en una puta, que encara que ho aconseguís als trenta ja ho hauria de deixar i després què, i tot aquest rotllo. Ella encara té l'esperança que enxamparé un home ric, com si totes haguéssim d'acabar igual.

–És que hi ha cada exemple de models i de *miss* espanyoles que Déu n'hi do...

–M'interessen els diners, d'acord, però fer-m'ho amb un bavós, per més important que sigui...

–Què faràs si no et surt bé?

–Ni idea.

–De debò?

–Ara no hi vull pensar –em va clavar la seva mirada ferotge–. Tot i que si continuo així, no podré tirar gaire temps. Per això fico el nas a tot arreu on puc, i faig proves per al que sigui. Però quan t'apuntes a un càsting, t'adones que n'hi ha cinquanta, cent, dues-centes que estan tan bones com tu, i a sobre són millors, o que es deixen fer el que sigui per aconseguir-ho.

Començava a ser sincera.

–Treballaries en alguna altra cosa?

–Home, tampoc no em vull morir de gana. Però hauria de ser alguna cosa que m'agradés.

–L'important és viure.

–Qui va dir això?

–Jo.

–Hauré de llegir alguna cosa teva –va exclamar sarcàstica–. Ets bon fotògraf?

–Crec que sí, però no de moda, esclar.

Va accentuar el seu somriure. El cambrer ja venia amb la comanda, estava travessant la calçada lateral de la Gran Via.

–Dóna'm el teu número de telèfon –em va demanar, abans que arribés.

Se suposava que això li havia de demanar jo quan ens acomiadéssim, o una mica abans, o sigui que em va tornar a passar la mà per la cara.

Però no em va molestar.

7

El pont aeri amb destinació a Madrid va sortir amb vint minuts de retard, cosa habitual, però almenys podia respirar alleugerit tenint en compte els endarreriments de fins a una hora que hi havia hagut la setmana anterior. Vaig ser dels primers a entrar a l'avió, em vaig asseure en una butaca al costat de la finestra i em vaig posar a repassar les meves notes i el pla d'acció per als pròxims dies. Ho tenia pràcticament tot planificat: a qui havia de veure i en quin ordre, què m'interessava i la manera d'enfocar-ho. Havia aconseguit resumir articles, documentació i dades sobre la Vània, la Cyrille i la Jess Hunt. Ho portava tot a sobre, en una cartera. L'article no s'havia de centrar exclusivament en la Vània. Les seves dues amigues formaven part de la mateixa història. La seva mort havia estat el detonant perquè la Vània digués prou. I el reportatge havia de parlar d'aquestes morts, de com unes noies joves, riques, famoses i cobejades havien mort just quan eren a dalt de tot, just quan havien assolit la fita per la qual havien lluitat sempre.

Això significava parlar de molts temes: del món de la moda, del món de les *top models*, de drogues, d'anorèxies i de bulímies, de l'èxit i del fracàs, de les fans, dels referents socials, de per què els mites es creen i es destrueixen, i per què influeixen tant en la gent.

Ho tenia tot als meus apunts, el meu equipatge de mà durant els pròxims dies, mentre durés la investigació. Era la feina que havia fet el dia abans.

I no havia estat fàcil concentrar-me.

La Sofia voletejava de tant en tant pels meus pensaments.

Vivia atropelladament, tenia més problemes dels que de moment m'havia volgut explicar, lluitava per mantenir l'equilibri en un univers on això és molt difícil. Tenia cor, voluntat, i era jove, però no era tonta. Em va semblar quasi desesperada, plena de ràbia, com si el món li hagués promès alguna cosa que després li havia arrabassat, li havia escamotejat fent llengotes. Moltes persones són totalment incapaces de trencar els miralls en què es miren i en els quals queden atrapades.

Trencar els miralls.

Em vaig submergir en el repàs de tot allò, per memoritzar-ho un cop més, i el viatge de cinquanta minuts em va passar volant, mai millor dit. L'avió va aterrar a Barajas a les dotze menys cinc del matí. Com que no portava equipatge vaig sortir immediatament de l'aeroport, em vaig ficar en un taxi i li vaig donar l'adreça del Vicente Molins.

L'home que, quan tenia quaranta anys, havia seduït la mare de la Vània i l'havia deixat embarassada.

Tots els fills il·legals que s'han fet famosos, i crec que també els que no han arribat a ensumar la fama, per pròpia inèrcia humana arriba un moment en què decideixen buscar l'home que un dia va fer el just, el mínim, per donar-los la vida i després girar-los l'esquena. Me'n venien uns quants al cap. Marilyn Monroe es va retrobar amb el seu pare. John Lennon, encara que no va ser il·legal sinó abandonat quan tenia cinc anys, també. I Liv Tyler, l'actriu, la suposada filla del cantant Todd Rundgren, que ja de gran va saber que el seu pare de debò era Steven Tyler, el cantant del grup Aerosmith, per un descuit matern. Si la Vània havia fet el mateix...

El Vicente Molins estava retirat. Les dades que m'havia aconseguit la Carmina sobre la seva vida no eren gaires: vivia en un pis cèntric de Velázquez i poca cosa més. En la seva vida real, fora dels embolics amorosos amb la Mercedes Cadafalch i potser alguna altra dona, estava casat i tenia dos fills. Tots dos eren anteriors al naixement de la Vània. Molt anteriors.

No vaig haver de fer gaires càbales sobre la dona que em va obrir la porta. Superava les set dècades, de manera que segons els meus càlculs era l'Asunción Balaguer, la dona del meu objectiu. Li vaig preguntar pel seu marit i em va respondre que no estava gaire bé de salut. Quan li vaig dir que havia vingut de Barcelona per veure'l es va reblanir. Però quan em va preguntar pel motiu de la meva visita, no li vaig dir la veritat. Li vaig parlar d'un vell negoci. Li va estranyar, però com a bona esposa i mare de les d'abans, no va fer més preguntes. El seu lloc era aquell i, de fet, ni l'escàndol de la paternitat de la Vània havia fet que deixés el seu marit.

Em va fer passar a una sala molt noble. Tot el pis desprenia la mateixa noblesa. El Vicente Molins era un industrial català que havia fet fortuna a l'Espanya de Franco i s'havia quedat a viure a la capital del regne. Una cosa molt normal. Els fills, si havien nascut allà, probablement havien fet que els pares no tornessin als seus llocs d'origen. Negocis, néts, tota una vida ja muntada.

El quadre havia de ser força semblant al que jo imaginava. I quan el Vicente Molins «va ser entrat» a la sala, es va completar.

Dic «va ser entrat» perquè el portava la seva dona en una cadira de rodes. I dic que «el quadre es va completar» perquè quan els vaig veure junts vaig tenir l'estranya sensació que allà dins el temps s'havia aturat feia molts anys. De sobte, em vaig adonar que la sala era una mena de mausoleu, plena de fotografies pertot arreu, a la lleixa de la llar de foc, sobre dues tauletes, al piano –perquè hi havia un piano–, i fins i tot en una de les parets. Fotografies familiars. Tota una vida. Ell, ella, els dos fills, els néts i les nétes...

Als seus quaranta anys, que és quan va seduir la Mercedes Cadafalch, el Vicente Molins devia ser un home atractiu, amb encant i un cert poder. Ara la decrepitud l'havia devorat de ple. Més que prim estava neulit, els ulls se li enfonsaven com si fossin dues cavernes, quasi no tenia cabells i vestia una bata clàssica, grisa, de quadres. Les mans, ossudes, recolzaven sobre la cadira de rodes.

Em vaig aixecar, em vaig presentar i vaig esperar que ella es retirés, encara suspicaç. Vaig pensar que potser es quedaria darrere la porta, escoltant.

–Avisi'm quan hagi acabat. I no el cansi gaire –em va advertir–. Més de deu minuts...

Un cop sols, l'home em va escrutar amb més intensitat.

–El conec? –va voler saber.

–Em dic Jon Boix i sóc periodista. Coneix *Zones Interiors*?

–Sí.

Els ulls se li van fer encara més petits.

–He vingut per preguntar-li una cosa sobre la Vània, senyor Molins.

Els va tancar.

–Sisplau... –va mussitar, cansat.

–Seré molt breu.

No va respondre. Es va estar així uns cinc segons. Finalment va tornar a obrir els ulls i els va posar sobre meu carregats de dolor.

–Vagi-se'n –em va demanar.

–Vol que escrigui sense més ni més?

–Un altre cop? Per què...?

–Fa deu anys que la seva filla va desaparèixer sense deixar rastre.

–I què? Deixi en pau el passat. La meva dona ja va patir prou quan aquella revista va publicar en exclusiva que el pare d'aquella noia era jo. Han passat trenta-cinc anys i encara...

–Vostè sap on és, senyor Molins?

Em va mirar, incrèdul, com si no es pogués creure que li fes seriosament aquella pregunta.

–Jo? No.

–Mai no es va posar en contacte amb vostè?

–No. Per què ho havia de fer? Va ser un accident. Vaig ser el seu pare per atzar, res més.

–Anomena «atzar» el fet que la seva mare estigués enamorada de vostè?

Va esbufegar, esgotat.

–Vagi-se'n, sisplau –va repetir.

Estava a punt de cridar la seva dona. Aviat em farien fora d'aquella casa.

–Senyor Molins, no tornaré a molestar-lo, li dono la meva paraula. Només vull saber si durant aquests deu anys...

–Ja li he dit que no –va ser categòric–. La seva mare i jo vam tenir una història que ella es va prendre molt més seriosament que no pas jo. Va ser un error, i prou que l'he pagat. Em vaig portar com Déu mana: vaig reconèixer la nena, li vaig donar un cognom, i durant anys li vaig pagar l'escola i el menjar. Durant tot aquell temps, la Vanessa i jo no vam tenir cap contacte, i quan es va fer famosa encara menys. Renegava. Què podia esperar de mi? La vaig entendre. No vaig ser mai un pare per a ella, i encara que ho hagués volgut, no ho hauria pogut ser. Com vol, doncs, que sàpiga on és? Tinc una dona, dos fills i cinc néts i nétes, una de les quals aviat em farà besavi. Deixi'm en pau, sisplau, l'hi demano.

–És possible que la Vanessa s'hagi posat en contacte amb algun dels seus dos germanastres?

–No!

Gairebé havia fet un crit. Com a reacció immediata es va obrir la porta de la sala i va aparèixer la seva dona. El Vicente Molins es va agitar a la cadira de rodes. Semblava que estava a punt de tenir un atac d'alguna cosa, però era més aviat la ràbia, la fúria, la impotència de veure's allà mentre el passat se li posava al davant una vegada més.

–L'acompanyaré a la porta, faci el favor –em va dir molt seriosa l'Asunción Balaguer.

–Gràcies –em vaig resignar.

Va ser l'última cosa que vaig dir, a part de les paraules que vaig adreçar al taxista perquè em dugués a l'aeroport, abans d'agafar el pont aeri que m'havia de retornar a Barcelona.

8

Al contestador automàtic hi havia un sol missatge, però valia per deu. Em va animar el dia.

–Hola, sóc jo, la Sofia. Només volia dir-te que m'ho vaig passar genial l'altre dia amb tu, i que tenint en compte que no estava precisament gaire fina... En fi, que m'encantaria tornar-te a veure i que m'invitessis al sopar que em vas prometre. Truca'm quan tornis, o quan vulguis. *Ciao!*

Vaig estar a punt de trucar-li de seguida, però primer era la feina. Ben mirat, el més sensat hauria estat anar a la redacció en persona per parlar amb la meva mare. Em vaig treure la jaqueta, em vaig desplomar sobre el sofà, com feia quan parlava per telèfon o mirava la tele, i vaig marcar el número de la revista.

A l'altra banda, el telèfon amb prou feines va sonar una vegada.

–*Zones Interiors*, digui'm?

–Hola, amor. Puc parlar amb la meva mare?

–Un dia gravaré aquest «amor» per demanar-te una pensió –em va dir l'Elsa, molt animada a pesar de l'hora.

–No t'he fet cap promesa.

–Et sembla poc això d'«amor»? Si pesco una bona jutgessa feminista ja veuràs...

–Elsa, no siguis dolenta.

–Espera. Acaba de penjar –em va informar–. Te la passo, «amor».

La veu de la mare va sonar quasi a l'unísón amb la de l'Elsa.

–Jonatan?

Sort que no em va posar Leopold Amadeu o alguna cosa així. És de les que s'hauria omplert la boca dient el meu nom lletra per lletra.

–Hola, *mother*.

–*What's up*? –va estar a l'altura.

Si començo en anglès, ella continua en anglès, o sigui que per no passar-me vaig tornar a la llengua pàtria.

–Acabo d'arribar de Madrid.

–I?

–No res. El Vicente Molins no té ni punyetera idea d'on pot ser la seva filla, ni del que va passar, ni per què va tocar el dos. Viu prostrat en una cadira de rodes, protegit per una dona inefable. Pel que sembla, la Vània no tenia en gaire bona consideració ni la seva tia ni el seu pare.

–I ara, per on penses continuar?

–Demà em dedicaré als d'aquí, per completar la part del reportatge... més o menys històrica. Aniré a veure el que es va enrotllar amb ella quan tenia setze anys, i després el músic, el cantant amb qui va estar embolicada quan en tenia vint. Quan tanqui el passat més remot em dedicaré a encaixar les peces dels últims mesos, l'any de la mort de la Cyrille i de la Jess Hunt, el judici... Primer aniré a París per parlar amb la dona del Jean Claude Pleyel i amb l'home que va portar la Cyrille a Europa. De París saltaré a Nova York, per veure l'exmarit de la Vània. Després a Los Angeles, on hi ha els pares de la Jess Hunt, i finalment a San Francisco, per visitar els pares del Nicky Harvey. Amb això enllestiré aquella banda.

–No està gens malament –va bromejar la mare–. No hi ha cap testimoni a Hawaii?

–No, però ho puc preguntar... o fer-hi una escala tècnica.

–Jonatan...

Em coneixia, sabia que no dilapidaria mai un sol euro –o un dòlar– sense motiu. De tota manera, era un bon periple. Quasi excessiu pel al reportatge d'algú de qui no se sabia res des de feia tants anys, i que, per tant, podria escriure a casa, assegut còmodament, extraient les dades del que s'havia escrit feia una dècada.

Però el quid no era aquest.

–Encara tenim les mateixes vibracions, oi, Jon?

–Sí, mare. Penso que la Vània no pot ser morta.

–Ho penses o ho desitges?

Era més llesta que la gana.

–Ho desitjo però també ho crec. Si no, no perdria el temps.

–Esclar. Amb el que et molesta viatjar...

M'encanten els avions, viatjar, moure'm. Per això sóc periodista.

–Ja saps a què em refereixo.

–Sí, ho sé –va sospirar ella a través del fil telefònic, segurament cansada després d'un dia intens de feina que encara no havia acabat–. Però em pregunto on deu ser una noia com ella.

–París, Londres, Roma, Nova York...

–Precisament aquí és on no me la imagino.

–Per què?

–Algú que vol desaparèixer, se n'aniria precisament a

un lloc on, per molts milions de persones que hi hagi, sempre serà més fàcil que la reconeguin?

Justa la fusta.

–Doncs on aniries, tu? –li vaig preguntar.

–Jo? A la Polinèsia, per descomptat. Un cocoter, una platja blava. Què més puc demanar?

–O sigui que, per més que ho intenti, no la trobaré.

–Jo no he dit això. Tu ets bo.

–Però ens sortiria molt més barat contractar un detectiu.

–No –la mare es va posar reflexiva–. Cal situar-se en el punt en què la Vània va desaparèixer. Què va passar? D'una banda, la mort de les seves dues millors amigues, dolor per començar i soledat per acabar; de l'altra, el judici per l'assassinat del Pleyel, que la va enfrontar a l'opinió pública, la va situar a l'ull de l'huracà i la va acabar de destrossar anímicament; en tercer lloc, el perill que li suposava l'anorèxia que tenia. Una clínica, de la qual s'ha dit que va sortir recuperada i en procés de normalització, i després... Tenia tots els punts per fer el que va fer: penjar els hàbits i fugir a l'últim racó de món. Però també pot ser que no superés l'anorèxia i morís a qualsevol lloc, en secret o sense documents. I, encara que els tingués, no oblidis que hi posava Vanessa Molins Cadafalch, no Vània.

–També pot ser que encara no s'hagi trobat el seu cos –vaig suggerir.

–Suïcidi?

Se'm va posar la pell de gallina.

Era la primera vegada que ho pensava i que la paraula sonava en veu alta.

–No creus que tot és possible, mare?

–El més normal és que tota aquesta gent que vols anar a veure no sàpiga on és la Vània, perquè cap d'ells no sembla haver-hi estat prou a prop. Això no vol dir que no els hagis de visitar. Però... para atenció als petits detalls, a les paraules que no semblen importants, als noms que surten i passen de llarg, com una exhalació. No sé si m'explico.

–Com la lletra petita dels contractes.

–Exactament. Sovint és en aquesta «lletra petita» que acostuma a haver-hi el contracte de debò. I això pot passar en qualsevol moment. Potser la Vània va fer o va dir alguna cosa.

–Saps què? Pensar en veu alta ajuda.

–Mira-te'l. Que et penses que no ho sé?

–Et trucaré cada vegada que descobreixi alguna cosa nova, així continuaré pensant en veu alta.

–Passa per la redacció abans d'anar-te'n a París i als Estats Units.

–Quin remei. He de recollir els bitllets d'avió i uns quants dòlars.

–Porta els justificants de les despeses, sobretot no els perdis, que si no els d'administració...!

–Ja ho sé, mare, ja ho sé.

–Recorda que amb aquests no hi ha fill que valgui.

–T'estimo.

Ho deia en broma perquè parlàvem de diners, però ella s'ho va prendre seriosament. Suposo que passava una d'aquelles èpoques... En fi, deixem-ho córrer.

–Jo també, Jonatan.

–Adéu.

Vaig penjar però no vaig deixar l'auricular. Vaig mirar el número de telèfon de la Sofia i el vaig marcar. Aquest cop vaig esperar tres rings abans que algú em respongués.

–Hola? –va dir una veu femenina molt jovial.

No era ella.

–Hi és la Sofia?

–Qui ets?

–El Jon.

Va tapar l'auricular amb la mà, sense respondre'm, però tot i així vaig poder sentir un crit gens dissimulat.

–Hi ets per a un tal Jon, o John, o...?

De seguida em va dir:

–Ara s'hi posa.

No vaig esperar gaire. La veu de la Sofia va sonar amb molta menys eufòria que la de la seva companya de pis, però almenys amb molta més naturalitat.

–Jon?

–Com estàs?

–Pse.

–Notícies del càsting?

–No, ja no em trucaran. I tu?

Li havia parlat de la Vània i del que estava fent. Em va agradar el seu interès recíproc.

–De moment, res de res. Però continua sent apassionant. Escolta –vaig mirar el rellotge–, acabo d'arribar de Madrid. Fas alguna cosa, ara?

–No.

–Continues sent una noia pobra que lluita per tirar endavant i a la qual li va de primera el sopar gratis que li dec?

–Molt graciós –em va etzibar amb un to agut.

–Et recullo d'aquí a una hora.

–Si véns amb la moto, sí.

–Fins ara.

Això va ser tot.

9

El primer amor seriós de la Vània, tot i que en aquella època, als setze anys, ja anava de dret cap a la fama, havia estat del tot vulgar. El Tomàs Fernández. No ho dic pel nom, esclar. Ho dic perquè el tal Fernández llavors tenia dinou anys i no passava de guaperes amb aires de macarró. Recordava haver vist fotografies d'ell i alguna imatge a la televisió, aprofitant-se de les morts de la Cyrille i de la Jess i de la desaparició de la Vània. Com l'obscur primer marit de Marilyn Monroe, a ell no li va importar ser el mateix, l'obscur primer nòvio de la més famosa de les *tops* nacionals del seu temps. A més, sortir amb ella li havia obert portes, de manera que va fer algunes coses abans de ser sepultat per la seva falta de classe.

En fi, que no sempre les més boniques s'enamoren de tipus que puguin estar a l'altura de les circumstàncies.

Quan dic que el cor femení és imprevisible...

A la Carmina no li havia costat gaire localitzar-lo. Els bavosos sempre deixen rastre. Dinou anys després de la breu relació sentimental amb la Vània, el Tomàs Fernández continuava guanyant-se la vida com el que era: un aprofitat.

Feia de relacions públiques en una discoteca marxosa per a noctàmbuls selectes. És a dir que continuava sent un macarró sense classe però amb planta.

No sé per què odio els relacions públiques de les discoteques. Potser perquè em semblen gigolós encoberts, o pinxos amb llicència per exercir, o depredadors de la nit l'únic propòsit dels quals és embotir gent al local que els paga i, de passada, treure'n nyapa, en diners o en carn.

Vivia en una torreta, discreta i humil, tot i que a Sant Just Desvern.

–Sí?

Em va obrir la porta en calçotets, i amb cara d'haver-se acabat de despertar amb el meu truc. Això no em va fer sentir malament. I encara menys quan el vaig veure. Trentavuit anys, cabells desbullats, una mica llargs, tors pelut, un tatuatge hortera a cada braç, una mica més avall de les espatlles, un cos treballat com a mínim amb un parell d'hores diàries al gimnàs. La mandíbula, quadrada.

–Tomàs Fernández?

–Què passa? Saps quina hora és?

–Les dotze –el vaig informar.

–Hòstia! No fa ni quatre hores que m'he fotut al llit.

–Puc parlar amb vostè? –em vaig negar a tutejar-lo, encara que a mi tothom em tractava de tu.

–De què?

–De la Vània –li vaig mostrar el meu carnet de periodista i el de *Zones Interiors*.

Sobretot aquest últim li va fer obrir els ulls.

–*Zones Interiors?*

–Estem fent un reportatge.

Ara sí, es va despertar de cop. A falta d'un bon cafè...

–Quant pagueu?

Em van agafar ganes de riure, però em vaig intentar comportar.

–Res.

–Com que res? El que sé val molta pasta, no?

–El que sap ho va explicar fa deu anys, de manera que només em caldria llegir-ho i repetir-ho –vaig dir sense tallar-me ni un pèl–. Creia que ara potser voldria parlar per simple esperit de col·laboració... i per la possibilitat de sortir a *Zones Interiors*, amb la publicitat que això comporta.

No vaig saber interpretar si estava a punt de tancar-me la porta als nassos o si reflexionava sobre el que li acabava de dir. Va ser això últim.

–Fa deu anys, una certa premsa em va arrossegar pel fang, com si jo fos culpable d'alguna cosa –es va queixar.

No havia entès res, de manera que tampoc li vaig voler dir la veritat, però el cas era que els horteres massa espavilats no em cauen mai bé. Me les vaig enginyar per fer-lo tornar al meu terreny.

–Perquè va pagar l'exclusiva. Qui paga té dret a dir el que vulgui, i com més hagi pagat, més xerrarà. Jo no penso fer això. Escriuré sobre vostè d'una manera objectiva.

Això el va acabar de convèncer, o potser és que no tenia ganes de discutir. Es va apartar de la porta i em va fer passar. Estava tot desordenat, era un caos, però vaig trobar una cadira buida. Esperava veure sortir d'algun lloc una rossa tenyida, però, casualitat o no, aquella nit el Tomàs Fernández havia dormit sol. Va desaparèixer cinc minuts al bany i cinc minuts més a la cuina. Va tornar net i amb una tassa de cafè a la mà. Això sí, en calçotets.

–Què et puc explicar, deu anys després? –va ser sincer.

–Pot ser que els records hagin canviat amb el temps i que ara vegi la història des d'una altra perspectiva.

–No, tot continua igual –va moure el cap indiferent–. Vaig conèixer la Vanessa, ens vam enamorar, vaig perdre el cul per ella, jo crec que ella el va perdre per mi, tot i que després ho va negar, i vam viure un d'aquells amors que deixen empremta. Per a ella vaig ser el primer, m'entens? Això compta, i més en el cas d'una noia.

–La va tornar a veure?

–No.

–No li va tornar a trucar per...?

–No, mai. Per què ho hauria d'haver fet?

–Perquè a vegades el primer amor no s'oblida, i queda alguna cosa.

–La Vanessa pujava com l'escuma –va confessar–. No parava mai a Barcelona. Contractes, desfilades, viatges... A mi em posava a mil, esclar. A més, milers de tios es tornaven bojos per ella. Però, què cony!, érem uns nens. Se'ns va escapar de les mans i ella, després d'una baralla, va passar de mi. Suposo que va olorar la fama, de manera que no la puc culpar. Jo què podia fer? De mànager, de secretari, de guardaespatlles? El mercat també té les seves lleis. Les *tops* han de ser lliures i divertir-se amb cantants de rock, que és el que està de moda.

–Mai no li va explicar res d'especial, o li va parlar d'algun desig que tingués, o li va dir què pensava fer si un dia ho deixava? –Vaig recordar el que m'havia comentat la mare la tarda anterior.

–No recordo ni de què parlàvem. Jo intentava passar com més temps millor al llit, però ella...

–Ella, què?

–Bah, res –va fer un gest buit.

–No crec que tingués problemes amb el sexe.

–Suposo que jo l'hi vaig ensenyar –va reconèixer fàtuament–, però estava tan pendent del seu cos i de la seva bellesa que... Has sortit mai amb una model?

–Sí.

–Llavors ja saps de què et parlo –va posar cara d'idiota–. «No m'estrenyis tant el braç que em deixes marques», «Compte amb el coll que em queda vermell i després es nota», «Ara no...».

Ja tenia ganes d'anar-me'n, però li volia fer encara aquella pregunta:

–Què va pensar quan la va veure convertida en una de les noies més admirades del món?

–Què volies que pensés? Doncs que almenys jo havia tingut el privilegi d'estrenar-la.

Era un cabró. Havia tingut el Sol entre els braços i l'havia deixat perdre en la nit. Havia tingut una rosa a les mans i l'havia aixafat. Podia haver retingut l'aigua de la pluja, però la va fer servir per rentar-se. Un maleït cabró.

El primer dels molts cabrons amb qui segurament havia ensopegat la Vània... i també totes les dones guapes que, pel simple fet de ser-ho, havien d'aguantar tipus convençuts que podien tenir-les, o comprar-les, com si tinguessin un preu.

Tot i que algunes també participessin d'aquesta guerra aixecant polseguera.

–Creu que la Vània pot ser viva després de deu anys de silenci?

Va ser categòric:

–No. Impossible. Quan vols arribar al cim, com era el seu cas, i estàs disposat a pagar el preu que sigui per aconseguir-ho, no desertes. La Vanessa hi va arribar. Si ara no hi és, és perquè és morta. No sé on, ni com, però segur que és morta. Vaig llegir que havia anat a una clínica, per la història de l'anorèxia. Va sortir bé? I un colló de mico. Va morir i algú la va enterrar en secret, sense publicitat. La seva tia o... vés a saber. Però segur que és morta. Si no, no tindria sentit. Morta.

Ho va dir sense passió, sense cap mena de sentiment.

I vaig saber que em costaria molt incloure el Tomàs Fernández al meu reportatge sense deixar de dir exactament el que era.

10

El Nando Iturralde havia començat a cantar, com la majoria, d'adolescent, influït per gent com Bruce Springsteen. Primer va estar en alguns grups de Bilbao, tocant la guitarra, fins que un dia va formar el seu propi grup, el Kaos-Tia. Van durar set anys, sempre anant a més, i ho van deixar en ple èxit, amb un doble en directe molt potent que va ser número u del rànquing de vendes. Massa per tornar enrere o continuar amb la mateixa banda. El pas següent va ser un canvi d'imatge, d'estil, i emergir al cap d'un any com a solista. Del seu primer àlbum en aquesta nova etapa va vendre més de mig milió de discos, que es diu aviat. Tenia vint-i-set o vint-i-vuit anys. Dos anys i mig després va llançar el segon treball en solitari, *Caliente*, i amb motiu d'una gala benèfica a la televisió va conèixer la Vània, que llavors tenia vint anys, deu menys que ell. Durant cinc mesos van sortir a totes les revistes del cor, van servir de pastura als depredadors de notícies i van donar pàbul a mil especulacions.

Fins que la història es va acabar, tal com havia començat.

Al cap d'algun temps ella va aparèixer a Venècia amb el fill d'un pilot de Fórmula 1 retirat, i ell a Madrid a l'estrena d'una pel·lícula, amb la protagonista.

No en van voler parlar.

I no ho van fer.

La Vània només havia tingut tres parelles estables al llarg de la seva vida: el Tomàs Fernández, el Nando Iturralde i el Robert Ashcroft, amb qui es va casar. La resta van ser amants ocasionals o amics d'una nit o d'una setmana. Res de seriós.

De manera que si aconseguia que el Nando Iturralde m'expliqués alguna cosa, jo seria el primer. Perquè el Nando no havia dit res durant aquests deu anys. Com a mínim ell es va comportar. Tenia un veritable esperit de rocker.

Em va rebre al seu despatx. Tenia quaranta-cinc anys, es mantenia en forma, i després de casar-se amb la Montse Cros, filla dels Cros de Manresa, havia muntat una productora de televisió que li anava vent en popa. I no s'havia casat per interès, perquè el Nando Iturralde tenia calés. Ara es remorejava que volia rellançar els seus grans èxits i, potser, tornar a l'escenari. Els vells rockers no moren mai.

–*Zones Interiors* –va deixar la meva targeta al damunt de la taula–. Com està, la Paula?

–Molt bé.

–Em va fer unes fotografies en una actuació, al Palau dels Esports, el... –es va posar a riure i no va dir l'any–. Bé, tant se val. Van quedar molt bé. En vam posar una a la portada d'un «maxi».

Jo no ho sabia. Déu meu, la meva mare havia fet tantes coses que se m'escapaven... De vegades ni ella mateixa les recordava.

–Ara ja no fa fotos –em vaig limitar a informar-lo.

–No em diguis que ets aquí pels rumors sobre la meva tornada als escenaris i els *Grans èxits*.

–Temo molt que no –vaig pensar que no aconseguiria res–. He vingut per parlar de la Vània.

Em va escrutar amb ulls perspicaços, suposo que calibrava què s'amagava darrere les meves paraules i el meu interès, i si valia la pena que tots dos perdéssim el temps.

–La Vània... –va sospirar.

–Volem publicar un reportatge amb motiu del desè aniversari de tot allò.

–Saps on és?

–Aquesta és la pregunta clau. Pensava que potser tu...

–Deu anys –va doblegar els llavis cap avall–. Després del que va passar amb la Cyrille i la Jess... vaig pensar que se n'havia anat vés a saber on, però que algun dia tornaria. Fins que em vaig adonar que havien passat dos, tres anys, i ella continuava sense donar senyals de vida. Ara...

–T'importa que en parlem?

–No, esclar.

Va ser tan fàcil que quasi em va agafar d'improvís.

–Encara que tampoc no hi ha gran cosa per explicar –em va aclarir–. Tot va ser tan ràpid.

Era curiós. Hauria volgut matar el Tomàs Fernández per haver estat amb una noia que jo havia estimat quan era adolescent, i en canvi respectava i admirava el Nando Iturralde, que també havia estat amb ella.

–Us vau enamorar d'una manera típica, oi?

–I tant –va somriure–. De quina altra manera es poden enamorar un cantant i una model que es troben una nit i que, després, en el pitjor dels casos, no tornen ni a creuar els seus destins? El normal era això: coneixe's, mirar-se, saber què passaria després, i no tenir manies. La gent normal no ho entén, creu que és només per sexe i que els famosos estan bojos. Però no és així. Moltes persones es coneixen avui, es miren, i saben positivament que passarà alguna cosa, demà, demà passat, la setmana vinent. Però viuen a la mateixa ciutat, tenen una o dues cites tranquil·les, i s'ho poden prendre amb calma. Ho saben, però esperen. Les estrelles, del gènere que siguin, no cal que fingim, i tampoc no tenim temps per perdre. Així doncs, això és el que va passar: ens vam conèixer en aquella gala, quan va acabar ens vam escapar junts, i aquella mateixa nit ens vam estimar com si fos...

Li brillaven els ulls. Vaig tenir enveja, però també respecte.

–Per què no us vau casar?

–Bé, va ser electritzant, però... Només cal que miris la paperassa de l'època. Se'n va fer molta publicitat. No ens van deixar en pau. De manera que va ser molt difícil. Jo estava en plena gira per Espanya, i ella en plena feina rondant per tot el món. Ens havíem de veure a París, Milà o Nova York, o bé a Oviedo, Vigo o Saragossa. Una bogeria. No hauria sortit bé.

–La diferència d'edat?

–No, no va ser això. Jo en tenia trenta i ella vint, sí, però, i què? Ho teníem tot en contra. A més, la llegenda de les models i dels cantants de rock semblava... Els anys vuitanta va ser com una plaga: Simon LeBon de Duran Duran i Yasmine, Mick Jagger dels Rolling Stones amb Jerry Hall, Rod Stewart amb Rachel Hunter, David Bowie amb Iman, el baix d'U2 amb la Campbell, i així te'n podria dir una dotzena. Era com si els músics busquéssim l'aparador de la bellesa, i les belleses, la fantasia extrema de l'univers del rock. Ningú no entenia que era lògic que ens trobéssim, elles i nosaltres. Érem nòmades del món de l'espectacle! El que té de dolent és que mentre que per a molts i moltes cada relació és tan passatgera com l'anterior i la següent, per a d'altres no és així. Jo em vaig enamorar de la Vània, i molt. Què va passar? Doncs que ni jo podia deixar el meu món, ni ella el seu. Totes aquestes models que t'he dit es van casar amb els seus rockers quan ja s'acostaven als trenta i les seves carreres com a *tops* havien arribat a la fi. Però la Vània tenia vint anys, estava al punt més àlgid. I jo, amb el meu segon àlbum...

–Com era?

–Era pura energia. –Mirar cap endins li va fer brillar els ulls–. Però no perquè fos mig boja, i no parés, i sempre rigués, i anés d'una banda a l'altra; ella no era així. Em refereixo que era com la llum, et transmetia l'enorme desig de protegir-la, d'emparar-la, d'estimar-la, d'acariciar-la. La Vània donava energia als altres, m'entens? Ella, en canvi, necessitava ben poc per viure. Es movia lentament, no parlava gaire. Aquella melancòlica primor que la dominava...

–Però aquell aire malaltís li venia de l'anorèxia i d'un possible consum de drogues.

–No prenia drogues.

–Nando –em vaig acostar a la taula per ser més convincent–, no pretenc destruir la seva imatge ni el seu record, però en aquell temps totes les models superprimes estaven en mans de l'heroïna. La consumien per potenciar ja no la primor, sinó un estil i una estètica. Encara hi ha seqüeles de l'*heroin chic look*. Cares lànguides, aspectes malaltissos, cossos esquelètics –anava a recordar-li que la Jess Hunt havia mort de sobredosi, i que la Cyrille havia agafat la sida pel mateix motiu, no per una causa sexual, però no em va deixar acabar.

–Ella no en prenia, almenys mentre vam estar junts.

–Però només van ser cinc mesos.

Va abaixar el cap. No crec que li fes mal parlar del seu antic amor. El que li feia mal era que en parlés malament.

Com molts altres, jo mateix sense anar més lluny, fins i tot sense haver-la conegut, continuàvem sota l'encant de la seva imatge i del seu record.

–Et diré una cosa –em va confessar mirant-me als ulls–. Jo aleshores vaig haver de competir contra algú, i no eren les drogues, sinó algú que exercia sobre la Vània una influència molt forta.

–Qui?

–La Jess Hunt i la Cyrille.

–Eren les seves amigues, esclar.

–Eren més que amigues. Havien format una mena de família o societat. Les contractaven sempre totes tres juntes, les famoses Wire-girls, i es protegien les unes a les altres. S'estimaven. Es necessitaven. Es tenien. I és lògic que fos així: la Vània era filla il·legítima, tenia un pare que no volia saber res d'ella i dos germanastres que ni coneixia. A més, feia poc que la seva mare havia mort, o sigui que estava sola. Sola amb una minyona que li feia de mare, i també de secretària o d'assistent. La Cyrille, si fa no fa el mateix, sense cap arrel i amb un passat tenebrós, com ja saps. I la Jess Hunt, tot i tenir un pare, una mare i una germana..., ja em diràs. Amb aquell fanatisme religiós, estava atrapada en un cercle tancat fins que en va poder sortir gràcies a la seva feina i l'èxit. Per tot això i molt més, era com si totes tres en fossin una de sola.

–M'insinues que hi havia alguna cosa entre elles?

–No eren lesbianes, si et refereixes a això. Et parlo d'una cosa molt més intensa, més profunda, més personal. Era com si estiguessin connectades, interrelacionades entre si. Quan una trucava, les altres dues hi anaven. Per això quan va morir la primera es va desencadenar la tragèdia. Almenys és com jo ho veig. Fixa't que entre la mort de la Cyrille i la desaparició de la Vània amb prou feines van passar uns quants mesos, i pel mig, va morir la Jess Hunt. El judici del nòvio de la Hunt era l'únic que faltava.

–Creus que és morta?

–No ho sé. Però et diré una cosa: algú com ella no es retira i desapareix així, deu anys. Era una deessa, i les deesses necessiten devoció.

–I si ja no era ella?

Va entendre el sentit de la meva pregunta.

–Només vaig conèixer una Vània –va reflexionar–. I va ser cinc anys abans de tot això.

–Et va sorprendre que es casés?

–No, i encara menys que es divorciés tan ràpid. Ens hauria pogut passar a qualsevol de nosaltres. El que sí que em va estranyar és que ho fes així de cop, en un rampell, i amb algú tan estirat com aquell tipus. No era d'aquestes.

–La gent canvia.

–Sí –hi va convenir.

De cop ens vam quedar mirant, en silenci.

I em vaig adonar que ja estava tot dit.

11

No m'ho esperava, per això em va sorprendre trobar-la allà, a la porta de casa meva, asseguda a l'últim graó i amb una bossa al costat.

La Sofia.

L'havia trucat divendres, després de veure el Nando Iturralde, però no l'havia trobat. Segurament tenia alguna cosa millor a fer durant el cap de setmana. Ara era diumenge a la nit.

–Per què no m'has...?

–Ho sento –em va interrompre–. Puc passar la nit a casa teva?

A mi no em solen passar aquestes coses, per això vaig mirar si hi havia alguna càmera oculta en algun lloc.

–Què fas? Mira, si et molesta o..., cap problema, eh?

–No siguis ximple. Esclar que et pots quedar. Però a canvi d'una cosa.

–Sense condicions –em va apuntar amb un dit acusador.

–Vull saber el teu cognom.

–Sí, home! –es va posar a riure.

–O això, o al carrer.

–Molt bé, doncs adéu-siau. –Va agafar la bossa i va passar pel meu costat; la vaig haver d'aturar.

–D'acord –em vaig rendir.

Llavors em va mirar, un cop vençut, i em va dir:

–García.

–No és tan lleig –vaig replicar.

–Sofia García –la bellesa de la seva cara es va transformar–. Si la Vanessa Molins Cadafalch es va convertir en la Vània, jo sóc la Sofia. A seques, d'acord?

–D'acord, d'acord.

–Entrem o què?

–Escolta, si un altre dia m'has d'esperar, no ho facis a fora sinó a dins. Mira –vaig assenyalar la part superior del marc de la porta del pis–: aquí hi ha una clau.

–Que tens moltes nòvies o què? –va bromejar.

–També tinc amics amb problemes... i un parell de vegades he perdut les claus.

Vaig obrir la porta del pis i hi vam entrar.

–Gràcies –va sospirar un cop segura–. La meva companya de pis té un rotllo, saps? I la veritat...

–Tranquil·la.

–No volia comprometre la teva reputació –va tornar a somriure amb ironia.

–Espero que et casis amb mi.

–Uf! –va posar cara de fàstic.

–Ja saps on és el bany, per si et vols dutxar. Jo he de començar a preparar les coses per al viatge de demà. Podem demanar una pizza, o menjar xinès, o...

–Truca'm algun dia, des d'on siguis, només per fer-me enveja.

–Masoquista.

–He estat donant voltes a la història de la tal Vània. –Es va treure la caçadora texana i la va deixar caure sobre la meva bossa–. Vols saber què en penso?

–Sí –vaig reconèixer.

–Doncs sincerament crec que va llançar la tovallola. Digue'n «intuïció femenina», o potser és que jo també sóc model. No podria ser d'una altra manera.

Vaig sentir una fiblada de tristesa. No per la seva intuïció, sinó per la quantitat de vegades que repetia que era model. Com si es volgués convèncer a ella mateixa. La Vània era una *top*, única, i de models, de grans models, n'hi havia amb prou feines cent. Però la Sofia, desgraciadament per a ella, pertanyia als milers i milers de noies que al final de la seva carrera només han passat per alguns catàlegs barats, o han fet algunes feinetes soltes per subsistir, fins i tot potser s'han guanyat la vida decentment, però que al final acaben fent d'hostessa o exhibint-se en programes de televisió. Res més. També s'hi ha d'incloure algun home de quaranta anys amb pasta quan elles en tenen vint-i-cinc, i aleshores s'adonen que a aquesta edat ja s'és massa gran per tenir un paper en aquest món de la moda.

Era bonica, estava prima, tenia tot el que cal. Però com m'havia dit el Carles Sanromán, enamorar la càmera només ho fa una noia molt de tant en tant. Entrar dins d'algú amb una sola mirada és un do.

Un do que la Sofia no tenia.

Però jo no era ningú per dir-li-ho.

Tampoc no m'hauria cregut.

–Què et passa? No m'has sentit?

–Sí –vaig recuperar el fil de la nostra conversa–. Pensava en el que deies.

–Aquella noia estava molt unida a les altres dues, i llavors elles van i es moren. Està claríssim. Va tenir por. Se'n va anar a la clínica pel problema de l'anorèxia, i després va pirar a Nova York o algun lloc així. O potser va enxampar algú.

–S'ha de ser d'una pasta molt especial, o estar molt farta, per deixar-ho tot i desaparèixer. Tu ho faries?

–Jo? Ni boja. Vull ser una bona model, vull ser una *top*, vull ser la número u. I quan ho aconsegueixi... –va prémer els punys i els llavis amb força.

–Estàs boja.

–Sí, sí, boja.

–No t'he parlat de la Cyrille, i de la Jess Hunt, o de la mateixa Vània? Ho van pagar, saps?

–Mira, Jon: hi ha un milió de ties al món que donarien mitja vida per ser elles, i jo la primera. La van cagar. Jo no ho faria.

–Ja.

–Bé, i si la cago, què? –em va desafiar–. Haurà valgut la pena.

–Tu creus?

–Ser a dalt de tot, com elles, durant set o vuit anys, quan encara ets jove, viatjar, conèixer gent, tenir poder, ser admirada, guanyar la pasta que es guanya? Au, va, Jon! Estàs de broma? Esclar que val la pena.

–Segur que quan la Cyrille es va suïcidar, o quan la Jess Hunt va saber que es moriria a causa d'aquella sobredosi, van pensar: «Ja està? Això és tot?» I en aquell moment segur que els va semblar molt breu, espantosament breu. Com una burla del destí.

–Ara no em surtis amb moralismes –em va mirar escèptica.

–Estimo la vida, res més. I si la meva mare em diu que quan s'està millor és als trenta, als quaranta, als cinquanta, me la crec.

–Això ho diu perquè ella ha passat els trenta i els quaranta, i en té cinquanta, per Déu!

–Llavors deu ser perquè penso que el món de les supermodels està buit, que juga amb els somnis de les seves protagonistes i amb els de les milions d'adolescents que les imiten.

–O els de les seves mares, que són les que estan grasses com unes foques, i busquen l'èxit de les seves nenes per pal·liar els seus propis fracassos.

–Mira-t'ho com vulguis, però si penses així, és preocupant –vaig voler tancar aquella conversa–. L'èxit a qualsevol preu no val la pena, perquè sempre hauràs de pagar més.

–Com es nota que sempre has viscut de puta mare –va amollar la llengua mordaç de la meva aguerrida amiga–. Me'n vaig a dutxar, d'acord?

–D'acord.

Em va passar pel costat després de recollir la seva bossa.

–Saps què et dic? Que tot i que acabo de coneixe't, crec que aquesta feina ja t'està afectant. I això que tot just l'acabes de començar.

Doncs sí, tenia bona intuïció.

Per alguna estranya raó, ja tenia la Vània ficada al cap.

La Sofia va entrar al bany i va tancar la porta. Jo em vaig asseure a la meva taula de treball i em vaig posar a organitzar tot el que havia fet durant la setmana, les impressions dels primers entrevistats. Continuava sense prendre notes en directe ni enregistrar res. Per a ells era millor. Parlaven més i més relaxats. Després em vaig organitzar la vida, és a dir, el meu viatge a París, a Nova York, a Los Angeles...

Al cap de deu minuts ja ho tenia tot a punt, i llavors es va tornar a obrir la porta del bany i va reaparèixer la Sofia.

Portava alguna cosa a la mà.

Un mirallet rodó, amb dues línies fines de pols blanca al damunt.

–Hola! –Venia cap a mi, somrient amb provocació–. Mira què he portat per amenitzar la vetllada.

No sóc idiota, sabia què era.

No sé si em va enfurismar més allò o el fet que pensés que jo...

És estrany que perdi el cap, els estreps. Sempre he sabut reaccionar de manera cauta davant de fets inesperats, davant de situacions d'emergència o en què s'han de prendre decisions ràpides. Sé raonar, i encara més si no estic encaparrat. Segons la meva dilecta mare, és una de les millors virtuts que tinc, i una cosa que em ve de casta en la meva feina com a periodista.

Però aquest cop vaig perdre el cap.

Per ella, perquè m'agradava, perquè de sobte em fallava en una cosa que jo tenia molt clara.

Em va doldre.

–Estàs boja? –La cara se li va petrificar–. Merda, Sofia, merda!

No s'ho esperava, però jo tampoc. La meva mà va sortir disparada, va xocar contra el mirallet i aquest va saltar disparat pels aires. La pols blanca es va convertir en una mena de neu –i mai millor dit–, que va surar per damunt dels nostres caps, i el mirall es va fer miques en petar contra la paret.

La Sofia es va quedar atònita, però només un instant.

Després es va posar feta una fúria.

–Però... què has fet? Hòstia! Què has fet? –Va mirar el núvol blanc, i després a mi, amb els ulls que li sortien de les òrbites.– Ets un desgraciat, un malparit, un fill de...! Saps què valia això?

Se'm va voler tirar al damunt, per pegar-me o esgarrapar-me, no ho sé. El cas és que vaig aconseguir parar-la i impedir-li-ho. Els ulls se li van negar de llàgrimes, però no em va fer llàstima.

Després la vaig empènyer enrere.

Llavors vaig treure'm la cartera de la butxaca, vaig agafar un bitllet de cinquanta euros i li vaig estampar a la cara.

–Encara no ets ningú i ja estàs com elles –vaig mussitar, trist i sobtadament cansat.

–I com estic, eh? Vinga, digue-m'ho!

–Morta en vida.

–I tu, de què vas?

–Treballes quan pots, amb el que pots, no tens res, i et gastes els diners amb això.

–Era un regal per a tu! N'hi ha que porten una ampolla de vi quan van a sopar, i jo em pensava que...! –Em va mirar amb fàstic, com si de sobte jo fos un violador, i va sospirar, incrèdula–: Ets increïble.

–Odio les drogues –vaig ser molt clar–. Qualsevol mena de droga.

–Què passa, que el teu millor amic ha mort amb una xeringa a la vena?

–Tant se val. No ho entendries.

–Així doncs, és això, eh? La falsa superioritat del pur de cor i fort de caràcter? Em pensava que eres normal!

–I ho sóc. Tu, no ets normal. Jo no necessito això. No ho he necessitat mai.

Ja no va voler respondre. Continuava amb els ulls vermells, rabiosa, furiosa per haver perdut la seva mercaderia i pel canvi de plans. Vaig pensar que se n'aniria, que el rotllo de la seva amiga havia estat una excusa. Però no. Va fer mitja volta i, tot i que era molt aviat, es va ficar al meu llit, lluny del centre tant com va poder i d'esquena a mi, disposada a dormir.

Això va ser tot.

O sigui que he tingut nits millors.

12

Al matí, quan em vaig despertar, la Sofia ja no hi era.

M'havia ficat al llit –per sort prou espaiós per no arribar-nos a tocar–, i al final vaig aconseguir adormir-me, tot i que em va costar perquè és dur haver de dormir tenint al costat una dona com ella.

Suposo que esperava que jo ho intentés.

O almenys que li digués alguna cosa.

Però no ho vaig fer. Em sentia estrany. I ja no pensava en la Vània. Pensava en la Sofia mateixa, i en totes les Sofies candidates a model o ja professionals que queien en mans d'aquella bogeria.

O sigui que se n'havia anat sense fer soroll.

El bitllet de cinquanta euros continuava a terra, al mateix lloc on havia caigut la nit anterior.

Vaig acabar de fer la maleta –l'imprescindible per a una setmana–, i me'n vaig anar a la redacció de *Z. I.*, intentant no pensar gaire en la meva nova amiga. Probablement ja no la tornaria a veure. Abans de dir adéu a la mare vaig passar per administració per recollir els bitllets d'avió i uns quants dòlars en metàl·lic per a les despeses. El Porfirio me'n va fer signar els rebuts corresponents.

–El bitllet de tornada dels Estats Units és obert, tal com tu el volies.

–D'acord.

–Vius bé, eh? –em va dir, estudiant i envejant el meu aspecte d'home aventurer.

–Ja m'agradaria veure't a tu en aquesta selva –vaig assenyalar l'altra banda de la finestra.

El Porfirio era baixet, grassonet i calb. El perfecte administrador.

–Porta'm...

–Els justificants, sí, no pateixis –vaig assentir ràpidament.

El vaig deixar sospesant les nostres diferències laborals i vaig passar pel despatx de la meva estimada Carmina. La persona que m'ho aconseguia tot em va dedicar un somriure feliç i em va allargar un full de paper.

–Crec que això és tot –va dir amb la seva eficàcia natural–. I el que no he pogut aconseguir o no està clar..., t'he explicat com ho has de fer per intentar aconseguir-ho.

–Per exemple?

–L'última adreça del Robert Ashcroft a Nova York és la d'una galeria d'art a Tribeca, però com que aquest tipus de galeries obren i tanquen com si res, potser ja no és allí. Per si de cas, t'he adjuntat la llista de mitja dotzena de telèfons de gent coneguda i vinculada al món de l'art. Tampoc no sé si la mare de la Jess Hunt continua a Los

Àngeles. La seva filla petita treballa en una sèrie de televisió, però potser l'han cancel·lat i...

–Ets un sol.

–A veure quin dia em portes a fer un vol per Kenya o per Jordània.

–T'ho imagines, tu i jo sols?

–No –es va posar a riure.

Li vaig llançar un petó i llavors, sí, me'n vaig anar a veure la mare.

Estava fent els últims retocs de la portada del número de la setmana, i vaig fer el que se sol fer en aquests casos: ficar-hi cullerada. El muntador, que estava amb ella, es va posar a tremolar.

–Jo baixaria aquesta foto un centímetre, donaria una mica de color a aquest titular i destacaria encara més amb vermell la informació principal.

–Et penso buscar una feina a l'*Hola* o al *Lecturas* –em va amenaçar ella.

El muntador va somriure per sota el bigoti.

Vaig esperar que acabessin i no vaig tornar a obrir la boca, és a dir, els vaig privar dels meus consells i de la meva experiència. Quan el muntador va sortir amb la portada aprovada, em vaig quedar sol amb ella. Tenia temps de sobres per arribar puntual a l'aeroport i sortir cap a París.

–Quan te'n vas? –va voler saber la mare.

–Deu minuts.

–Com et va anar divendres?

–No gaire bé –vaig posar cara de desconfiança–. El Tomàs Fernández, el noviet que va tenir la Vània als setze anys, continua sent un estúpid rematat dels que es mereixen que els aixafi un cotxe en un pas de vianants. I el Nando Iturralde, tot i que molt millor, tampoc no em va aportar gran cosa. Material per a un bon reportatge, sí, però poca cosa més.

–I el «toc Boix»?

–Oh, sí, el toc Boix. Me n'oblidava.

La meva mare va obrir el calaix del mig de la seva taula. Va treure'n una revista i me la va donar. Era espanyola, de feia un any.

–Hi ha un bon article sobre el món de la moda, les *tops*, la servitud de la fama, la drogoaddicció i tot això –em va informar–. Llegeix-te'l, perquè és el to que m'interessa.

–De debò que cal? –em vaig mig ofendre.

–No siguis absurd. Hi ha detalls que et poden ajudar.

–D'acord. –El vaig guardar a la meva bossa de mà.

–Picasso copiava de tothom, però com que ho feia millor...

–Mare...

–Tinc una reunió –em va acomiadar–. Au, fes-me un petó i toca el dos.

Li vaig fer un petó i vaig tocar el dos.

Vaig sortir al carrer, vaig agafar un taxi i li vaig dir que em portés a l'aeroport. No vaig pensar més en la revista, perquè, a l'aeroport, cosa gens estranya, em vaig trobar un amic. Per sort no anava a París, sinó a Londres, al concert de Peter Gabriel. La bossa de mà no la vaig obrir fins que l'avió amb destinació a Orly es va enlairar. Llavors, sí, vaig agafar la revista, vaig buscar l'article i el vaig fullejar.

Després el vaig llegir. La mare tenia raó. Era bo.

Sobretot alguns paràgrafs concrets...

«Algú sap qui va ser la primera autèntica *top model* de la història? Probablement, no. Es deia Evelyn Nesbit, i el 1901 va arribar a Nova York, quan tenia quinze anys, acompanyada de la seva inevitable mare –totes tenen una mare gelosa i protectora, fins que un dia, cansades de la gelosia de la mare, s'independitzen–. A la seva ciutat natal, Evelyn havia fet estralls. Es posés el que es posés i la fotografiessin amb el que la fotografiessin, el resultat era immediat i l'èxit, assegurat. Tot i que era molt jove, Evelyn Nesbit era un imant. Però ho era bàsicament per als homes. Era una nena, però no ho semblava. A tot aquell que portava pantalons li provocava una reacció global, l'atrapava, el seduïa. De manera que Nova York va centellejar per la primera Lolita del seu empori. Joel Fender va ser el fotògraf que la va llançar a la fama a la ciutat dels gratacels, fent-la servir de model per lluir barrets, sabates, vestits, etc. Els diaris van publicar amb avidesa aquelles fotos, i el públic a qui va convertir en deessa va ser a ella. La van batejar com "la model més preciosa dels Estats Units". També es va convertir en la primera *pin-up*. Les seves fotos eren el secret amagat de molts joves quan els pòsters encara no existien. El pas següent d'Evelyn va ser el món de l'espectacle: va fer de corista al musical *Floradors*, va tenir un petit paper a *The wild rose*..., fins que va acceptar ser la protegida, i amant, d'un famós arquitecte anomenat Stanford White. Evelyn tenia setze anys i ell quaranta-set, a més d'una dona. A partir d'aquest moment, l'escàndol va marcar la seva vida.

»El model Evelyn Nesbit s'ha perpetuat des d'aquell començament de segle. Hi ha hagut canvis, però les *tops* han continuat sent les reines. Als anys vint es va intentar que aquestes noies no desviessin l'atenció del producte que anunciaven. Va ser un intent frustrat. Fins i tot, un cop, el dissenyador francès Paul Poiret va arribar a prohibir a una periodista anglesa que parlés amb una model. Li va dir: "No parli amb les noies. Elles no existeixen!" Però sí que existien. A partir dels anys quaranta, el terme *supermodel* o *top model* va començar a ser habitual. Amb Cindy Crawford, el Rostre, els anys vuitanta van exalçar el que ja als seixanta i setanta era un senyal d'identitat.»

–És bo, l'article? –vaig sentir una veu que preguntava al meu costat.

Odio els pesats que volen entaular conversa als avions.

–*Sorry, I don't understand* –vaig dir, suplicant que no sabés anglès.

No en sabia.

Vaig tornar a la meva lectura apassionant.

«Què diferencia una *top* d'una model vulgar? En primer lloc, una auréola invisible que la fa diferent, que enamora l'espectador, la càmera, i que transmet la subtil droga del desig. El desig, sí. Una *top* ha de tenir tremp, ser camaleònica, semblar sempre diferent sense deixar de ser ella mateixa, mostrar-se vulnerable però també altiva, i barrejar sentiments com la tristesa i el desvergonyiment, el caràcter d'una deessa i la tendresa d'una núvia. Venen imatge, però a més, es venen a elles mateixes. Són el somni de les dones que volen ser com elles, i dels homes que volen posseir-les. Se suposa que tenen uns cossos perfectes, modelats per la mare natura en una combinació subtil d'harmonia i esclat dels sentits. Són "productes acabats" al mil·límetre. Però fins i tot la perfecció es pot millorar. Per això, avui, s'operen el nas, els pòmuls, els llavis, es fan ampliar el front, es treuen els queixals del seny o els del costat per tenir la cara més xuclada i, sobretot, potencien aquesta paraula que abans he esmentat com una cosa a part: *desig*. La seva arma. Una actriu sedueix des de la pantalla amb un bon paper, però una model només pot fer-ho des d'una fotografia o des d'una passarel·la. Per tant, tot ha de ser més ràpid. Desig a l'instant. *Shock*.

»Què és el desig? Pensem-hi. Rubens pintava dones grasses i es deia que en aquella època als homes els agradaven més aviat amb carn. Per què avui això ha canviat? Per què avui moltes models semblen nines fràgils, a punt de trencar-se, i el que potencien és la seva imatge lànguida, dèbil, trista, i fins i tot amb ulleres? Per què es produeix això que podríem denominar l'"efecte Auschwitz"? Perquè part del seu atractiu és precisament aquest.

Una dona exuberant inspira una mena de desig, mentre que una dona molt prima, gairebé evanescent, n'inspira un altre tan o més fort que el primer. La primor extrema desperta compassió, tendresa, afecte..., vulnerabilitat –aquesta és una de les claus–, però també fortes emocions que van des de la possessió fins, per associació, a la malaltissa idea de la mort, que sens dubte continua sent un reclam social molt poderós. Quants ídols juvenils han mort a la flor de la vida en els últims cinquanta anys? L'encant de la destrucció acompanya l'adolescència i la joventut, com la lluna acompanya la marea. "Viu de pressa, mor jove, i així tindràs un cadàver ben maco", que deien els Rolling Stones. I continua sent així.»

–Senyor...

Vaig haver de deixar de llegir. L'hostessa, una morena no precisament prima sinó més aviat robusta, m'allargava la safata amb el menjar, acompanyat d'un somriure. No vaig trigar ni cinc minuts a donar bona fi al refrigeri.

I vaig tornar al meu article.

«La majoria de les models actuals comencen als dotze o tretze anys, però només entre els quinze i els disset exploten localment o internacionalment. En un món en què als vint-i-cinc anys ja ets una vella, tot passa molt ràpid. Aquestes nenes, tutelades o no per mares ansioses, no tenen, psíquicament parlant, cap mena de control, no van a l'escola, treballen quinze hores diàries, tenen el trastorn d'horari perpètuament instal·lat a les seves vides, i la tensió els provoca un estrès que quan comença, no para. Algunes el dominen, altres no poden. Com a contrapartida, guanyen molts diners, són famoses, viuen històries amb estrelles del rock o del cinema, i en general es casen amb homes poderosos. Però el revers de la moneda no les abandona mai. Les *tops* anorèctiques i bulímiques són les que ho tenen pitjor. Al començament dels noranta es va imposar l'*heroin chic look*, és a dir, la imatge distingida, de moda, creada per l'addicció a l'heroïna o inspirada per aquesta. Cossos filiformes. Per tant, novament l'aspecte malaltís com a reclam. La mort per sobredosi del fotògraf Davide Sorrenti, la primavera del 1997, va fer que fins i tot el president Clinton advertís des de la Casa Blanca sobre els perills de l'*heroin chic look*, i va avisar fotògrafs, dissenyadors i revistes de moda que no potenciessin la mort a través de les seves pàgines, perquè les models superprimes incitaven a ser imitades a qualsevol preu, especialment per les adolescents. Sorrenti, de vint anys, tenia talassèmia, un desordre genètic a la sang que l'obligava a fer-se transfusions mensuals, cosa que el feia semblar molt més jove. La seva nòvia, James King, va reconèixer que es drogava des dels catorze anys, és a dir, des que va començar a treballar com a model.

»No són casos aïllats. Les grans agències han tolerat l'ús de les drogues per vendre millor les seves models. És una cadena. L'heroïna és a les passarel·les, i no serà fàcil que deixi de ser-hi. El més curiós és que les agències acusen els fotògrafs, els estilistes, els directors d'art i els editors, tant com els dissenyadors, de crear una imatge positiva de l'heroïna. Però parlem només d'heroïna, o de cocaïna? No. La cèlebre protagonista de *Quatre bodes i un funeral*, l'actriu Andie MacDowell, va reconèixer haver pres primer pastilles per aprimar-se i després cocaïna per mantenir-se prima. També tenim el famós Alprazolam, el tranquil·litzant de moda per a les noies de la passarel·la, que ajuda a contrarestar l'estrès. Quan no es pot men-jar, dormir i descansar prou... Però un parell de pastilles més, ingerides amb alcohol, són suficients per matar. I què hem de dir del GHB, tan de moda a mitjan anys noranta? El GHB s'utilitza com a sedant i anestèsic en medicina. S'obté... –atenció– de la síntesi d'un dissolvent utilitzat per netejar circuits elèctrics. Es va convertir en una droga barata i fàcil d'aconseguir, i provoca un estat d'eufòria. Però, ja el 1993, l'actor River Phoenix va morir a causa d'una sobredosi de GHB. Només és un detall.

»Moltes models, amb uns quants quilos de més, perdrien el seu estatus –el mateix contracte de Miss Univers estipula que si la guanyadora del certamen s'engreixa un cinc per cent del seu pes durant l'any del regnat, perdrà la corona–. I no hi ha cos que no pateixi canvis durant l'adolescència, ni cos que en deu anys no experimenti una mutació, un lleuger augment de les formes... que en el cas d'una model pot portar-la a l'atur. Totes pensen: "Ja em recuperaré quan ho deixi", perquè saben que és una carrera curta de deu anys. Però després és impossible deixar-ho. I el mal no se'l fan només elles, sinó els milions de noies que volen ser com elles. Als deu i fins i tot als nou anys, el dotze per cent de les nenes han començat algun tipus de dieta. Tres de quatre joves entre catorze i vint-i-quatre anys han seguit algun règim. Moltes d'aquestes nenes preocupades acaben en mans de la bulímia o de l'anorèxia, que els deixen marques irreversibles, si no és que les porten a la mort.

»Per què estar prim ven avui dia? La resposta a aquesta pregunta l'hem de buscar en...»

–Senyors passatgers, d'aquí a pocs minuts...

Érem a París.

13

El Vicente Molins, el pare de la Vània, tenia setanta-cinc anys i anava amb cadira de rodes. En canvi, el Frederick Dejonet, l'home que havia portat la Cyrille a París, en tenia vuitanta però semblava que només en tingués seixanta.

Alt, amb glamur, classe, elegància, em va rebre al jardí de la seva torre, als afores de París, en direcció al Charles de Gaulle. Diuen que a París la primavera és més primavera. No hi estic d'acord, però reconec que el dia era molt agradable, i que viure com vivia el senyor Dejonet hi ajudava. De lluny vaig veure un parell de dones, d'uns trenta anys, però no vaig voler pensar malament. El Frederick Dejonet havia estat playboy i aventurer, «professions» que no sabia si continuaven sent vàlides a la seva edat, tot i que veient la seva bona planta...

El més curiós és que em va rebre de seguida, sense objeccions; només vaig haver de presentar la meva targeta al majordom –o el que fos– que em va obrir la porta. Després vaig pensar que, per a molts, el fet de ser a l'aparador durant molts anys i de sobte desaparèixer havia de ser dur. Si és que ell ja no hi era.

–Periodista, i de Barcelona –em va somriure obertament quan em va donar la mà–. En què puc interessar el seu públic?

–La Cyrille? –vaig deixar escapar amb cautela.

Va tornar a somriure. Ara amb nostàlgia, amb plaer, amb satisfacció, amb tendresa.

–La Cyrille –va sospirar–. Esclar, esclar.

Em va invitar a seure. El para-sol era ample, les cadires encoixinades, molt còmodes, la vista de la piscina magnífica. El majordom va esperar displicent que el seu amo i senyor em preguntés:

–Ja ha esmorzat, senyor Boix?

–Sí, a l'hotel. Gràcies.

–Vol...?

–No, no, molt amable.

El complimentós assistent es va retirar i ens va deixar sols. El Frederick Dejonet anava impecable; americana blau fosc, pantalons blancs, camisa oberta de color blau cel, mocador al coll, sabates també blanques, sense mitjons. Eren les deu del matí i semblava que estigués a punt de sortir per fer una excursió en iot o anar-se'n a un torneig de polo.

–On ha estudiat francès? –es va interessar.

–Primer a l'escola, però després... viatjant.

–Ah, viatjar –va mirar cap al cel–. Ara gairebé ja no viatjo, sap? Crec que és el millor dels plaers. Un no aprèn si no viatja. Un cop vaig dir als meus fills: «No torneu fins que no hagueu recorregut almenys cent mil quilòmetres.» –Es va tornar a referir al meu francès–: Té bon accent. També sap anglès, italià...?

–I una mica d'alemany, portuguès... a més de les llengües del meu país, tot i que el basc se'm resisteix.

Es va posar a riure. Em va encantar. Semblava que li agradava la meva presència. Això facilitaria el diàleg. Abans de coneixe'l no tenia ni idea si parlar de la Cyrille li vindria de gust, o si li seria dolorós o indiferent.

Ell mateix va reprendre la conversa en el punt que m'interessava.

–Cyrille, Cyrille, Cyrille –va exclamar.

Sabia que ho preguntaria de tota manera, per tant em vaig avançar:

–La nostra revista vol publicar un article sobre les Noies de Filferro.

–Bé, de fet jo només aparec al començament de la història de la Cyrille –va justificar que no em pogués explicar gran cosa.

–Però crec que, en el seu cas, aquest principi és el més important.

Em vaig adonar que començava a retrocedir pel túnel del temps. Els seus ulls em van deixar de mirar per abocar-se al seu interior, als seus records. Es va acomodar millor a la butaca del jardí.

–No oblidaré mai aquell dia, per descomptat. Només era una nena, però... –va tancar els ulls–. Quina preciositat, quina delicadesa, quin to. Va aparèixer davant meu, a casa del meu bon amic Harry MacAnaman, i va ser com si deu mil anys de la història d'Àfrica es concretessin en el seu cos i la seva imatge. Aquella bellesa única, explosiva, natural, en brut, encara sense modelar.

Aquella pell d'atzabeja, aquells llavis tan perfectes, aquells ulls de mirada inquisitiva. Era la dona perfecta –va tornar a obrir els ulls per mirar-me i sospirar de nou–. Potser li sembla absurd, senyor Boix, però és tal com li dic. I me'n vaig enamorar a l'instant. Així mateix. Jo tenia seixanta anys, i ella, catorze, però l'edat no comptava. Almenys en aquell moment, per més estrany que li pugui semblar.

–No em sembla estrany. La majoria de les models d'avui són nenes, i molts homes veuen el que anuncien i les desitgen, a vegades sense saber que tenen quinze anys. El maquillatge o la roba les fa semblar molt més grans.

–Coneix la història de la Cyrille, suposo.

–Sí.

–S'ho imagina? –em va apuntar amb un dit inquisidor–. Tot el que va passar abans que el meu amic li donés feina i que jo la portés a París... Una vida sencera, un infern. Deien que la seva bellesa era diferent, que inspirava tendresa, però que era freda. Com podia no ser-ho? La van matar quan encara era una criatura!

–Ha de ser dur que el teu propi pare et vengui per uns camells.

–No és només això! –es va enravenar–. La Cyrille estava morta en vida, no podia estimar. Per això vaig ser important per a ella, perquè la vaig cuidar com ningú no ho havia fet abans. I per això la Jess Hunt i la Vània van ser importants, perquè es van convertir en les seves germanes, en la seva família.

–Per què diu que estava morta en vida?

–Senyor Boix –va arrugar les celles–, és que potser no sap que li havien fet una ablació de clítoris quan tenia nou anys?

No ho sabia. No ho havia llegit enlloc. Era la primera notícia.

Em vaig estremir.

Si hi ha una pràctica ancestral que em sembla aberrant, brutal, odiosa i dramàtica, és l'ablació de clítoris que es fa en alguns països africans o de religió islàmica. Cada any, al mes de desembre, quan una part del món celebra el Nadal, en altres indrets del món, a milers de nenes se'ls amputa el clítoris per anul·lar-los el desig, perquè no sentin el plaer sexual, per convertir-les tan sols en màquines reproductores. Al final del 1997, a Egipte la llei va prohibir finalment l'ablació de clítoris, davant la monumental irritació dels radicals islàmics.

Però Egipte no era més que un país, i als pobles, tant com en el silenci de les cases de les grans ciutats, les ablacions continuaven, i continuen i continuaran.

Tradicions.

–Ja veig que no ho sabia –va assentir el Frederick Dejonet.

–No –vaig exhalar.

–Llavors ho entén, oi? Es va convertir en una de les dones més desitjades del món, i el contrasentit era que ella no podia sentir plaer. La Jess Hunt va tenir una vida turbulenta, i la Vània, tot i que menys, també. Van estimar i van ser estimades. La Cyrille, no. Era freda.

Malgrat tot, vaig passar amb ella els millors moments de la meva vida, pot creure'm.

–Ho devia passar malament quan la va perdre.

–No la vaig arribar a perdre del tot –es va defensar–. El que va passar és que un dia el Jean Claude Pleyel la va veure pel carrer i el destí va seguir el seu curs. Ni més ni menys que l'amo de l'agència Pleyel en persona. Era una oportunitat. La Cyrille tenia quinze anys i ell li va posar el món als seus peus. Ho vam acceptar. I fixi's que parlo en plural. Ho vam acceptar. Jo no la podia tenir a casa tancada en una campana de vidre. Ella necessitava desplegar les ales. En dos anys ja era una gran model, no va haver d'aprendre res. Li posaven qualsevol roba i li deien: «Camina.» I ella caminava. Li posaven el que fos a les mans i li deien: «Posa.» I ella posava i el producte es venia perquè ella li donava màgia.

–Qui li va posar aquest nom?

–Pleyel. Ja m'he acostumat a dir-li Cyrille, però per a mi era la Narim.

–La Cyrille va tenir alguna cosa a veure amb l'anglès que li va donar feina a Etiòpia?

–El Harry MacAnaman? I ara! El Harry tenia una dona molt simpàtica i cinc fills. Quan vaig proposar a la Narim... a la Cyrille que vingués amb mi a París, ella va acceptar sense dubtar-ho, i ell va lamentar haver de perdre una bona empleada, perquè tenia molt bona relació amb les seves filles.

–Com la va convèncer?

–Li vaig oferir el món –es va arronsar d'espatlles–. Li vaig ensenyar una fotografia de la torre Eiffel i li vaig dir que podia ser seva. La primera cosa que vam fer quan vam arribar a París va ser pujar-hi. Estava entusiasmada. Segons ella, vaig ser el primer amor de la seva vida. I no voldria que m'interpretés...

–No pateixi –el vaig tranquil·litzar.

–El meu amic MacAnaman va ser una mà en la foscor. Ell la va rescatar i li va donar una oportunitat. Però jo ho vaig ser tot per a ella. Pare, marit, amant, germà. Després van aparèixer la Vània i la Jess. Però la Cyrille va continuar vivint aquí, amb mi, fins dos anys abans de morir.

–Es van barallar?

–No. Mai. Però ella ja passava més temps a fora de casa que a dins. La vaig haver de deixar marxar del tot. Per si mateixa no ho hauria decidit mai, de manera que l'hi vaig haver de dir jo. I no es pensi que vaig ser generós. Només vaig actuar amb una mica de lògica, i també perquè em vaig enamorar de la que després va ser la meva tercera dona. Ella sí que podia sentir plaer.

Ficar-se al llit durant anys amb una persona tan freda, morta, per més bonica que sigui, per més perfecta que resulti... Em vaig estremir novament.

–Va ser Pleyel qui va introduir la Cyrille en el món de la droga?

–Sí –va ser rotund.

–Vostè ho sabia?

–Al principi, no –va abaixar el cap–. Aquell cabró donava heroïna i cocaïna a les seves nenes perquè sempre estiguessin primes, perquè no s'engreixessin i també per tenir-les al puny. La Cyrille no me'n va dir mai res, em respectava molt; fins que un dia vaig començar a sospitar. Estaven totes tres banyant-se allà –va assenyalar la piscina–, i la Jess Hunt va desaparèixer cinc minuts. Quan va tornar semblava..., jo què sé. No he pres mai drogues, sap? Mai. Vaig parlar amb la Cyrille, i m'ho va confessar. Ella i la Jess ja estaven molt enganxades. La Vània, no tant. Ella patia més la malaltia de l'anorèxia, tot i que em consta que de tant en tant també es drogava. En fi... Les Noies de Filferro van ser un invent del Pleyel mateix, o sigui que les havia de mantenir esquelètiques per no trencar la llegenda. Era el seu negoci, sap? Maleït fill de la gran puta. Vol saber una cosa? –em va mirar amb acritud–. Qui fos que va matar el Jean Claude Pleyel, va fer ben fet. Aquell cabró va arruïnar la vida de moltes models, i no totes eren *tops* com la Cyrille, la Jess o la Vània.

–No creu que el va matar el Nicky Harvey, el nòvio de la Jess?

–Aquell cretí! No, ni boig!

–Doncs qui, llavors?

–No ho sé, però el Nicky Harvey... –va repetir el gest de fàstic–. No era més que un petimetre. Fos qui fos l'autor del crim, li va anar molt bé que acusessin aquell noi, i encara més que morís de sobredosi abans que s'acabés el judici. La gent encara es va convèncer més que havia estat ell. Però si l'hagués conegut... Per Déu! Ell no, impossible.

–Com recorda l'últim any de les Wire-girls?

–Amb amargor, encara que el que després els va passar a la Jess i a la Vània... a mi tant em va fer. La primera que va morir va ser la Cyrille.

–Sap com va agafar la sida?

–Una xeringa compartida. És el més probable. No crec que fos per una causa sexual.

–Entén la seva mort?

–Sí –va assentir–. Tot el que tenia la Cyrille era la seva bellesa, l'èxit, la fama. Era la seva manera de venjar-se del món, del pare que li va fer l'ablació de clítoris i després la va vendre per uns quants camells, dels homes que la desitjaven sense saber que ella no podia desitjar ningú. Tot el que tenia era la seva bellesa. Per això es va matar. No volia veure's destruïda.

–I la Jess?

–Ja no ho sé –va reconèixer–. Potser estava molt afectada per la mort de la Cyrille i es va passar amb la dosi, o potser va ser casual. No ho podem saber. Va ser molt trist. I després, tota la resta de fets en cadena: la mort de Pleyel, la detenció del Nicky Harvey, la mort de Harvey... En el judici, la Vània estava tan sola... Jo vaig anar a un parell de sessions i la vaig veure. Però no vam parlar. Era com una ombra. Semblava que s'estigués a punt de trencar, o a punt de desaparèixer, de tan prima que estava. Pell i os. A partir d'un dia no vaig tornar a sentir a parlar més d'ella... fins avui. El temps ha passat molt de pressa, com sempre. No sé ni si és viva o morta...

Em va mirar esperant que li ho aclarís, però vaig aguantar aquella mirada sense saber què dir.

14

L'hemeroteca del *Libération* estava degudament informatitzada, de manera que em va costar poc trobar totes les dades relatives al suïcidi de la Cyrille, la mort de la Jess Hunt, l'assassinat del Jean Claude Pleyel, la detenció del Nicky Harvey i el seu judici, i finalment, la mort del xicot de la Jess també per sobredosi. Tot havia passat allà, a París, o sigui que els mitjans informatius de feia una dècada ho havien cobert amb exhaustivitat i rigor.

Com que tenia temps, m'ho vaig prendre amb calma. Tota la tarda. La meva segona cita a París, ja marcada, era amb la Trisha Bonmarchais, la vídua del Jean Claude Pleyel i actual propietària de l'agència Pleyel. La visita no era fins l'endemà al matí. No m'havia costat gaire aconseguir-la: *Zones Interiors* és coneguda en els cercles adequats de moltes ciutats. Fins i tot disposava d'unes quantes hores lliures per passejar-me per la Défense o pel nou Louvre.

Amb relació a la mort de la Cyrille, de tot el que vaig llegir, gairebé no hi havia res de nou. La mateixa informació que jo tenia als meus arxius. La famosa *top* havia estat trobada per l'assistenta al seu pis parisenc, ja morta, després d'haver ingerit la nit abans un còctel de pastilles i fàrmacs diversos. No va deixar cap nota, per la qual cosa al començament no es va saber el motiu del suïcidi. Fins i tot es va especular amb el factor «accident» per justificar-ne la mort. Però durant els dies successius es va anar completant el quadre. En primer lloc, l'autòpsia va demostrar que no es podia haver pres accidentalment aquella barreja. En segon lloc, va aparèixer el metge que li havia diagnosticat la sida. Dos i dos fan quatre.

A les fotografies de l'enterrament de la Cyrille sortien la Jess i la Vània, el Frederick Dejonet, el Jean Claude Pleyel...

Era curiós: no es va saber mai res dels pares de la Cyrille, és a dir, de la Narim Wirmeyd. Potser ni sabien que la seva filla s'havia convertit en una musa de la moda.

La informació sobre la Jess Hunt era força més exhaustiva, per les circumstàncies de la seva mort, però sobretot pels esdeveniments posteriors. A la Jess l'havia trobat morta el seu xicot, el Nicky Harvey, al seu pis de les Tulleries. Feia cinc mesos de la desaparició de la Cyrille i, segons indicis i declaracions d'«amics» i «amigues» de la *top*, la Jess estava molt deprimida per tot el que havia passat. Els dos mesos abans de morir no havia treballat, estava feta un fàstic, destrossada, i dos dies abans de l'esdeveniment fatal, ella i el Nicky Harvey havien decidit ingressar en una clínica de desintoxicació. No va tenir temps de fer el pas. La sobredosi d'heroïna va posar fi a la seva vida. Harvey, fill d'una família rica de Califòrnia, era de viatge.

Tres dies després de la mort de la Jess, algú va disparar al Jean Claude Pleyel, de nit i pel carrer. Dues bales al cap. L'amo de l'agència Pleyel va caure fulminat a terra. Un sol testimoni presencial, tot i que llunyà, va manifestar haver vist un home que fugia a peu i després va assegurar que havia sentit un cotxe que s'allunyava. Res més. La policia va tardar menys d'una setmana a detenir el Nicky Harvey amb l'acusació d'assassinat. Per quin motiu?: per haver matat l'home que, segons ell, havia introduït la Jess en el món de la droga. La Jess, al seu torn, havia passat l'afició al seu xicot. Les causes semblaven, doncs, d'allò més genuïnes, una venjança pura i simple. Pleyel era el dolent, el diable.

Però el Nicky Harvey, tot i no tenir cap coartada –va assegurar que, afectat per la mort de la Jess, s'havia refugiat, tot sol, en una barraca dels afores de París–, va jurar i perjurar que era innocent, que no havia matat Pleyel. La seva insistència es va mantenir fins al dia del judici, però el fiscal va aconseguir reunir no poques proves incriminatòries en contra d'ell: declaracions d'odi contra la víctima, abans i després de la mort de la Jess, una amenaça telefònica confirmada per la recepcionista de l'agència Pleyel, i una visita furibunda a casa seva, de la qual va ser testimoni la dona de l'assassinat, la Trisha Bonmarchais. El cercle al voltant de Harvey es va tancar i, quan va arribar el dia del judici, totes les cartes estaven sobre la taula i ell no tenia ni un sol as. A més, el fiscal va mostrar un comodí inesperat: el metge que va aportar les proves segons les quals la Jess havia avortat a Amsterdam, Holanda, exactament un mes abans del suïcidi de la Cyrille. Segons el metge, la Jess encara tenia dubtes, però el Nicky Harvey, el pare de la criatura, l'havia obligat a fer-ho. La noia, gairebé sense voluntat per la dependència de les drogues, al final havia cedit.

Tothom va apuntar el jove Harvey, de vint-i-cinc anys, com el nen mimat i malcriat capaç de cometre la pitjor de les monstruositats. El judici va entrar a la recta final, però el destí es va reservar un últim gir inesperat per deixar-ho tot a l'aire. Ni tan sols es va saber si el jurat l'hauria declarat culpable o innocent. El Nicky Harvey va morir també de sobredosi.

Algú va dir que, a pesar de tot, estava boig per la Jess, i que sense ella...

Vaig veure més fotografies: de l'enterrament de la Jess, de les sessions del judici, de l'enterrament del Nicky...

La Vània.

Una Vània que amb prou feines es reconeixia, amb ulleres fosques, un mocador al cap, vestida de negre, fràgil, breu. Em vaig arribar a preguntar com havia pogut aguantar sense defallir la part del final de tota aquella història, tenint en compte que la seva primor i la seva extrema anorèxia li presagiaven, també a ella, un final tràgic.

Em vaig quedar com hipnotitzat davant d'una foto que no coneixia, que no havia vist mai. Era d'una de les sessions del judici de Harvey. El peu de foto era succint: «Vània, la famosa *top* amiga de Jess Hunt, abandona visiblement afectada la sala on se celebra la vista per l'assassinat de Jean Claude Pleyel, després de saber-se que la rossa americana havia avortat a Holanda.»

Al costat de la Vània hi havia una dona de mitjana edat, negra.

Vaig recordar les paraules de la tia de la Vània i del Nando Iturralde: aquella era la criada, assistenta, secretària, amiga, consellera i quasi mare de la model.

Així doncs, era ella.

Era la primera vegada que la veia.

I aquella foto no enganyava. La dona negra protegia la Vània, l'emparava, la conduïa, impedia que els fotògrafs se li apropessin, li transmetia una mena d'energia total i absoluta. La Vània caminava amb els ulls protegits darrere d'unes ulleres fosques, mirant a terra. L'altra dona era el seu àngel de la guarda, la seva guardaespatlles, qui s'encarregava de tota la resta.

Em vaig preguntar què se'n devia haver fet, d'aquella dona.

Ni tan sols sabia com es deia.

És més, si no ho recordava malament, la Lluïsa Cadafalch m'havia dit que quan la seva neboda es va casar l'assistenta se'n va anar, però que no n'estava segura.

«Però només confiava en la seva criada. De fet, ella deia que era més aviat la seva "noia-per-a-tot", secretària, assistenta, protectora... No sé d'on la va treure. Era mulata, sud-americana o alguna cosa així. Aquella dona la cuidava, la protegia, la mimava.»

Aquella foto ho demostrava, i era la prova que continuaven juntes. Feia dos anys que la Vània s'havia casat i separat del Robert Ashcroft.

«De tota manera, i digués el que digués la meva neboda, era la seva criada i prou. Li va agafar afecte i confiança, però...»

Ja era tard. Feia quatre hores que era a l'hemeroteca del *Libération*. Vaig fer fotocòpies del que m'interessava,
sobretot de les fotografies, especialment d'aquella en què sortia l'assistenta de la Vània, i vaig abandonar el local per passar la meva segona nit a París.

Tot i que no tenia gens de ganes de sortir o fer res del que se suposa que pot fer un noi de vint-i-cinc anys a la capital de la llum.

Ja he dit que prefereixo Londres mil vegades?

15

La Pleyel és una de les agències de models més importants del món. Ho sabia de sobres, esclar, però n'eres plenament conscient tan bon punt posaves els peus a la recepció de les seves oficines, o bé quan t'asseies al davant, al carrer –com vaig veure que feien adolescents de tots dos sexes–, per veure entrar i sortir algunes de les dones més boniques del món i també alguns dels homes més sexis. La desfilada era incessant, i amb elles o ells, però bàsicament amb elles, hi havia un exèrcit d'adlàters i d'acòlits que les acompanyaven, estilistes, fotògrafs, perruquers, maquilladors, amants, periodistes o simples devots. L'agència era un oasi enmig del desert de la vulgaritat.

Un altre món.

Una altra galàxia.

Em vaig sentir torbat quan em vaig plantar davant del mostrador de recepció. La mateixa recepcionista hauria pogut ser la «Miss El Que Volgués». Les parets del seu voltant estaven cobertes de fotografies gegants de les *tops* i dels *tops* més destacats dels més de vint anys de vida de l'agència.

La Vània, la Cyrille i la Jess també hi eren.

Vaig dir a la recepcionista *miss* que m'esperava la «Summa Sacerdotessa». Em va fer passar a una saleta de la qual vaig ser rescatat al cap de dos minuts per una altra bellesa, ni més ni menys que oriental, amb un exquisit *charme* francès. La noia em va deixar en mans d'un secretari eficient, el primer home que veia per allà. El pas següent va ser conduir-me per un passadís majestàtic, cobert amb portades de revistes famoses, des de *Vogue* fins a *Cosmopolitan*. A través d'algunes portes veia l'habitual fauna i flora internes, els *bookers*, el personal de cada equip de selecció o del que fos, i taules plenes a vessar de papers, ordinadors, diapositives, fotografies i cares de dones impossibles, centenars, milers de rostres. La nostra marxa no es va aturar fins que finalment va ser entronitzada al despatx de la Trisha Bonmarchais.

Al seu moment havia estat una notable model de passarel·la i publicitat estàtica, influent i amb personalitat. Conservava molts dels trets de *top* model, i havia augmentat aquesta personalitat amb els anys i amb el seu nou estatus de poder, especialment des que s'havia casat amb el propietari de l'agència. Només calia veure-la. Tenia l'última edat perfecta de la joventut i la primera que condueix a la maduresa plena, però en ella es fonien en un tot harmònic a pesar de la duresa dels trets. Era alta, esvelta, prima, angulosa i sofisticada. Cent per cent parisenca, perquè la Trisha, tot i el seu nom exòtic, era de París mateix. Per descomptat, una de les seves facultats era la memòria, requisit indispensable per al seu negoci.

Una altra també podria ser un fantàstic arxiu. Però vaig apostar per la primera quan em va dir:

–Tu deus ser el fill de la Paula Montornés.

Em va allargar la mà, gens ferma, d'aquelles a les quals corresponds amb la mateixa flaccidesa o els fas un petó, però no vaig fer ni una cosa ni l'altra. Em vaig limitar a agafar-la-hi i vaig inclinar-me lleument, amb educació. El detall li va agradar. No sabia res de la seva vida, però segur que no es tractava en absolut d'una vídua passiva i desesperada. Només calia veure-la.

–La meva mare m'ha parlat molt de vostè –vaig mentir.

–La vaig conèixer abans de l'accident. Era molt bona.

–Ho continua sent, tot i que no exerceix com abans.

Em va indicar que segués en una cadira, davant de la seva taula, i ella va fer el mateix a l'altra banda, al seu tron.

–En tindràs prou amb vint minuts? –Semblava que cronometrés el temps que em concedia, però després ho va solucionar–. Si no, cap problema, també podem dinar plegats.

Em vaig sentir afalagat. Però li vaig dir que no, que esperava tenir-ne prou amb vint minuts i que no volia robar-li...

–No em robes res. M'encanten les entrevistes. És una manera de fer publicitat –va reconèixer–. Quin és el tema?

–La Vània.

–Oh –li va canviar la cara. Segurament esperava una cosa diferent, sobre l'agència o fins i tot sobre ella mateixa. Però va estar a l'altura–. Aviat farà deu anys, esclar.

–Exactament.

–Què vols saber?

–No em vull centrar només en la desaparició de la Vània i les morts de la Jess i la Cyrille. També vull parlar de les models, del que són i del que senten. Crec que ningú millor que vostè...

–Sóc la seva mare, evidentment –va assentir–. Des que arriben aquí i les contractem, em converteixo en tot per a elles. Ha de ser així, si no... Amb els homes és diferent, i això sense oblidar que n'hi ha pocs que es facin realment famosos. Les nenes, en canvi... –va somriure quan va dir la paraula *nenes*–. L'edat ha baixat molt. Comencen molt aviat. Sempre els dic el mateix; que és un món dur, que no n'hi ha prou amb ser boniques, que tot és treballar, treballar, treballar. I m'escolten, però... Qui accepta les regles al cent per cent quan es tenen quinze o disset anys? S'enlluernen, se senten fortes i segures, però a vegades, també fràgils. Qualsevol dona és capaç d'entrar a una botiga i passar-se una hora emprovant-se roba només per veure com li queda, com la llueix. Doncs les models fan el mateix: s'emproven dotzenes de vestits, els exhibeixen a la passarel·la, és com un joc. Després hi ha la imatge. Mira això.

Em va passar el *book* d'una model que no coneixia. El vaig obrir i cada pàgina era una bossa de plàstic amb la portada d'una revista o una fotografia publicitària a dins. Vaig entendre què em volia dir. Es tractava de la mateixa model, però ningú no ho diria. Una sola dona, cent cares. Un sol rostre, cent imatges.

–Són una i són mil –va exagerar la Trisha Bonmarchais–. Per a elles és el màxim de la fantasia. Ser model és una religió. Fixa't bé en el detall: és tan meravellós que quasi és efímer. En el cinema, una dona arriba a la seva esplendor als trenta. En el món de les models, als trenta ja ets vella. Poques hi arriben actives: Elle McPherson, Linda Evangelista, Cindy Crawford... i encara és perquè s'han diversificat, han fet cinema i altres coses, perquè si no... És tan dur que en el fons ho tens tot en contra. Si t'enamores, estàs perduda. Si estàs sola, estàs perduda. Avions, aeroports, ni somiar a tenir fills, homes que et van al darrere pensant que et poden comprar perquè a dins de cada model hi ha una puta. Tot en contra, però n'hi ha prou amb la satisfacció que et dóna el fet de superar-ho, m'entens? Una model viu quasi tota una vida en els pocs minuts que és dalt de la passarel·la. I una model que ven la seva cara a una marca de perfums sap que la seva imatge serà vista i admirada arreu del món. Això, amic meu, és poder. I el poder és plaer.

–Sempre es diu que una model madura ràpid, que viu en un any el que es viuria normalment en deu.

–És cert. Són adultes als tretze o catorze anys, dones als quinze i deesses als vint. Això no es pot assimilar. O madures ràpid o... La mateixa paraula ho diu: *model*. Són un model a seguir, a imitar. Totes les adolescents ho volen ser. Saben que en un món fosc elles són la llum.

Parlava amb passió del seu món, amb molta passió. La Trisha Bonmarchais era una magnífica relacions públiques del seu univers, perquè creia en el que deia.

Segons ells no hi havia res més. Gent de «fora», o sigui «els altres», o gent de «dins», o sigui, «ells i elles». La vulgaritat davant la perfecció. El consum davant l'esquer. La lletjor davant la bellesa. La monotonia de la vida davant l'art fet imatge i sensació.

–Què és el pitjor per a una model jove?

–La família i els nòvios –va dir ràpidament–. Ser model exigeix una disciplina total, una entrega total, una vida total... i sentir-te model les vint-i-quatre hores del dia, per dins i per fora. Per això les models espanyoles han tardat tant a aixecar el vol, i encara els costa. I que consti que no és cosa meva. Pregunta i et diran el mateix a qualsevol agència. Les males fames, per desgràcia... L'espanyola és poc disciplinada, és impuntual, té mandra i escolta massa la família i el maleït xicot o els maleïts amics. En aquesta feina no hi pot haver nòvios, i la família no s'hi ha de ficar. Ja t'he dit abans que sóc jo la seva mare.

–I el seu marit, n'era el pare?

–Per descomptat.

No sabia com abordar el tema de les drogues. S'havia escrit tant sobre el fet que el Jean Claude Pleyel subministrava cocaïna i heroïna a les seves noies per tenir-les en forma, que vaig pensar que seria millor no preguntar-li res. Em podia fer fora a puntades de peu.

Em va desconcertar que ella mateixa...

–Tot allò que es va escriure quan va morir el Jean Claude va ser pura porqueria –va dir de cop–. Com els podia fer mal? És absurd! És la mateixa llegenda negra que acompanya el rock. Tu ets jove i ho saps. El rock s'associa amb les drogues i el sexe. O els escriptors, que se'ls relaciona amb la beguda. Fals, fals i fals. Que en el món del rock han mort moltes persones de sobredosi, d'acord! Però res més. Per què es magnifica? És molt senzill: si mor de sobredosi el vicepresident d'una marca de cotxes, la notícia ocupa un parell de línies al diari. Però si mor una estrella de rock, llavors surt en portada i la gent diu: «Esclar, tots plegats són uns drogoaddictes...» Amb la moda passa el mateix. No totes les models primes prenen drogues, ni totes són anorèctiques ni bulímiques, ni totes suporten la pressió, els viatges o les hores de feina amb amfetamines. N'hi ha moltes que són normals, amb vides normals, equilibrades o extraordinàriament intel·ligents. Però només cal que en caiguin una o dues perquè tothom pensi que totes són iguals.

M'estava «venent» el producte, i ho feia bé. El que deia tenia lògica. Jo mateix ho havia pensat algun cop sobre el món del rock. De tota manera, el tema no era ben bé aquest. El tema era que, a pesar de tot, el Jean Claude Pleyel havia estat un porc. Això sí que es va demostrar en el judici.

Però ella era la dona de Pleyel, i, per tant, no podia sortir-li amb res de tot allò. L'important era que ja estàvem dins del terreny que a mi m'interessava.

–Qui va matar el seu marit? –li vaig preguntar de cop, aprofitant que semblava que s'havia animat a parlar.

–No ho sé –va dir sense rendir-se–. De debò. Per descomptat, no va ser aquell idiota. Els idiotes no van disparant al cap de la gent. Això ho fan els assassins en sèrie, o els fanàtics, o els bojos, com el que va matar Versace. Però el nòvio de la Jess Hunt... no, no. És absurd.

El Frederick Dejonet opinava el mateix. No semblava una casualitat.

–Però el va amenaçar. A la seva pròpia casa: vostè n'és testimoni.

–Era un boig estúpid, res més –va instigar, segura.

–Se'l va jutjar per això.

–Perquè no tenien ningú més per acusar... i el meu marit era massa important. Havien de buscar un cap de turc. El Nicky Harvey era la persona perfecta. No tenia coartada, tenia el motiu..., bé, el motiu que van dir que tenia, esclar. Com havia de voler venjar la seva xicota matant l'home que suposadament l'havia ficat en el món de la droga, si la mateixa Jess l'hi havia ficat a ell? Jo el vaig veure en el judici, i no era més que un pobre drogoaddicte espantat, i un nen de casa bona fins aquí de porqueria –es va posar la mà dreta en horitzontal a l'altura del nas.

–Després de la mort del Nicky Harvey, vostè va fer alguna cosa perquè es continués investigant?

–Sí, però la policia no em va fer cas. Em van dir que el cas estava tancat.

–La Vània, per què va desaparèixer després del judici?

–No ho sé.

–Quan va ser l'última vegada que la va veure?

–Abans que anés a la clínica per tractar l'anorèxia. També hi vaig parlar una vegada mentre es recuperava.

–I després?

Va fer un gest definitiu.

–Es va acabar. Mai més.

–Ni un missatge, ni un indicatiu, ni una petita sospita?

–Res de res.

–Va intentar buscar-la, posar-se en contacte amb ella?

–Esclar. Quan vaig saber que havia abandonat la clínica li vaig trucar per saber com estava i per donar-li feina. Tenia una pila de peticions per a ella.

–Va notar alguna cosa per telèfon?

–La vaig sentir cansada, afectada, res més. Ja no li vaig tornar a trucar perquè vaig imaginar que el que necessitava era descansar, desconnectar del món dues o tres setmanes.

Desconnectar.

De sobte vaig tenir una idea. Una cosa que no m'havia passat pel cap fins a aquell moment.

–Pot ser que ella arribés a saber alguna altra cosa respecte a la mort del seu marit?

–No ho crec, però en qualsevol cas...

–On era la Vània quan van morir la Jess i el seu marit?

–Quan va morir la Jess, la Vània era a Nova York. Ho recordo perquè ens va trucar des d'allà. No tenia bitllet per tornar i ho volia fer com més aviat millor. Quan va morir el meu marit era aquí, amb els pares de la Jess, si no m'equivoco.

–Vostè recorda la criada de la Vània?

–Qui?

–La seva criada, l'ajudant de cambra, la secretària, què sé jo? Feia una pila de coses per a ella.

–No, no. Secretària? No vaig parlar mai amb cap secretària de la Vània.

Em vaig treure la fotografia de la butxaca, és a dir, la fotocòpia del diari que havia fet la tarda anterior, i la hi vaig ensenyar. Va mirar aquella dona negra sense immutar-se.

–Recordo haver-la vist amb la Vània, sí, però ni tan sols sabia que fos la seva criada o... –es va arronsar d'espatlles i em va tornar el full. Després va mirar el rellotge i em va dir–: Em sembla que...

–Sí, sí, ho sento. A vegades...

–Per què no véns a la desfilada del Michel de Pontignac? Et pot ser útil per al reportatge. No tan sols et donaré una entrada, sinó que et puc fer entrar a l'*staff* perquè estiguis entre les noies mentre les pentinen i després entre bastidors, per veure el *backstage* d'una desfilada. Hi has estat mai en aquestes condicions?

–No.

–Doncs, llavors, tracte fet. El Michel no és el Gaultier ni el Lagerfeld, però és un dels genis emergents de la moda. La majoria de les noies que utilitza són meves.

–Gràcies.

Es va posar dreta i em va acompanyar a la porta. No sé com s'ho va fer, però abans d'arribar-hi ja havia aparegut el seu secretari, disposat a satisfer les seves exigències i a donar-me el que necessitava.

16

Ja no tenia la tarda lliure com em pensava, però l'alternativa era bona, molt bona. I no sols per al reportatge, sinó per a mi mateix. No havia estat mai entre bastidors d'una desfilada de moda, veient com un eixam de belleses es transformaven a la perruqueria, ni a l'avantsala de la passarel·la, presenciant el tragí, el vertigen, la bogeria que permetia que, després, elles caminessin davant del públic, dels fotògrafs i de les càmeres de televisió com si el món s'aturés al seu pas, somrients, fermes i segures. La feina d'una temporada sencera es presentava en vint minuts. Excitant. N'havia sentit a parlar, però prou. I una desfilada al cor mateix de París...

Vaig pensar en la Sofia, en el que donaria per ser-hi.

Per això quan vaig arribar a l'hotel em vaig estirar al sofà i vaig marcar el seu número. No en sabia res des que se n'havia anat del meu pis l'endemà de la baralla. Res. No és que em sentís culpable, però tampoc no havia deixat de pensar en el que havia passat. Li vaig llançar enlaire la maleïda droga, va haver-hi crits, després... Quan la gent no parla, quan ens escudem en la nostra posició, és difícil entendre el punt de vista de l'altre.

A més, em continuava agradant.

–Sí? –Vaig reconèixer la seva veu, però una mica nasal.

–Sofia, sóc el Jon.

Van passar tres segons. No va penjar.

–Hola.

La seva veu no mostrava entusiasme, però hi havia alguna cosa rara.

–Què et passa?

–No em sents la veu? Estic refredada.

–Ho sento.

–És igual. El nòvio de la meva companya gairebé s'ha instal·lat aquí i em fa sortir de polleguera. Ahir vaig sortir, plovia, em vaig mullar...

–Per què no has anat a casa meva? Ja saps on són les claus.

Va canviar de tema.

–On ets?

–A París.

–Hòstia –vaig sentir que sospirava.

Li deia que estava treballant? Vaig imaginar que seria un insult. Li deia que a la tarda aniria a la desfilada de moda?

–Quan tornes?

–No ho sé. Ja et vaig dir que seria fora més o menys una setmana. Demà me'n vaig a Nova York, encara que amb una mica de sort no hi hauré de dormir i a la nit mateix podré volar a Los Angeles.

–Amb una mica de sort? No entenc que hi pugui haver algú que no es vulgui quedar a Nova York. Encara que, esclar, com que tu ja hi deus haver estat més d'una vegada...

–Em sap greu el que va passar l'altra nit –vaig intentar contrarestar la seva amargor depriment.

–A mi també. Era molt bona.

–No em referia a això.

–Ja sé a què et referies.

–No crec que necessitis ficar-te res al cos, no siguis burra.

–I jo no crec que t'hagis de ficar en la meva vida, d'acord?

–Som amics.

Vaig sentir algun so a través de l'auricular, com un sospir de sorna o un esbufec d'irritació.

–Jo no me'n vaig al llit amb els meus amics –em va dir.

–Sisplau, escolta'm: quan torni ens veiem, d'acord?

–No sé si val la pena.

–Et puc donar un cop de mà.

–No sóc una interessada. Em vas agradar tu, no el que fas.

–També a mi em vas agradar tu, no si eres model o secretària.

Hi va haver un moment de silenci, molt breu, però també molt dens i carregat d'expectatives. A l'altra banda del fil telefònic, semblava que la Sofia s'havia rendit de cop.

–Mira –va dir–: ja sé que les drogues no són el que se'n diu saludables, encara que les controlis. Però si t'haguessis d'arrossegar per totes les merdes per les quals m'arrossego jo...

–Això no és cap excusa, i ja ho saps.

–Tu treballes en el que t'agrada, fas entrevistes, fotos, veus gent, viatges... Jo també voldria fer això, treballar en el que m'agrada, ser model, fer cine.

–És una feina, d'acord, però mentre no arriba no deixa de ser un somni.

–Au, va, Jon.

–Els cementiris són plens de tios i de ties que van creure que podien controlar les drogues. Digue'm moralista, si vols, però jo ho veig així, saps per què?, perquè he vist moltes coses i només tinc vint-i-cinc anys. Estic investigant el tema de les Noies de Filferro, recordes? La Cyrille, la Jess, la Vània... Ho tenien tot, i abans d'arribar a la meva edat ja ho havien perdut. I no estic d'acord que siguin millor deu anys a les estrelles que setanta anys a la Terra. Tot el que tenim aquí és temps, i sóc dels que volen aprofitar-lo al màxim: vivint.

–Ets un idealista.

–Fa deu anys estava enamorat de la Vània. Llavors sí que era un idealista. Ara sóc la persona més realista que puguis conèixer. Ja no m'enamoro de pòsters, ni de noies de pel·lícula. Ara m'agrades tu.

La pausa va ser més llarga.

–Pura carn i os –va provar de treure importància a les meves paraules.

–Et trucaré quan torni, d'acord?

–Si no hi sóc és que me n'he anat a les Maldives, o a la Polinèsia, a prendre el sol.

–En aquest cas, esperaré que tornis. Què tal és la teva companya de pis?

–Ni et passi pel cap. –Vaig aconseguir fer-la riure–. Vols morir en l'intent?

–Un petó. Cuida't.

Va esternudar sonorament, no ho va fer veure.

–D'acord –va cridar.

Vaig penjar al mateix moment que ella i em vaig quedar al llit cinc minuts més, pensant, o, més ben dit, deixant que els pensaments fluïssin lliurement. Quan l'habitació n'era plena, els vaig apartar de cop i vaig tornar a concentrar-me en el telèfon. Encara tenia uns quants minuts abans de canviar-me i sortir.

–*Zones Interiors*, digui'm?

–Elsa, sóc el Jon.

–*Oooh-la-la* –va cantar en el més pur estil parisenc.

–Hauries de veure els Champs Elisées. La primavera els prova.

–Doncs tu hauries de veure com està això. L'excés de feina ens va de conya.

Em vaig imaginar la Sofia amb el bon humor i la mala bava positiva de l'Elsa. Una combinació perfecta.

–Entesos. Vull parlar amb la directora.

–«Marxant» una de mare...!

No la podia estrangular. Era bona. Més que bona, indispensable. Segur que la mare la preferiria.

–Jonatan?

–Agent 007 informant, senyora –vaig anunciar.

–Com ho tens?

–El Dejonet, molt bé. La Trisha Bonmarchais... diguem-ne que *épatant*. M'ha convidat a una desfilada ara a les set. I abans estaré amb les noies a la perruqueria, veient com s'organitzen i de què parlen.

–No al·lucinis gaire.

–Tinc els nervis d'acer i el cor de pedra.

–Sí, ja ho sé –se'n va burlar.

–Creus que m'impressionarà estar envoltat de les vint o trenta dones més guapes del món? Sisplau!

–De qui és la desfilada?

–D'un tal Michel de Pontignac. No el conec.

–Jo sí. És un nou Gaultier però encara més excessiu. En faràs fotos?

–No, vaig d'incògnit. Prefereixo concentrar-me en els bastidors.

–D'acord.

–Saps quantes cases o pisos tenia la Vània?

–No. Vejam, hi havia el de París, perquè vaig llegir que s'estava més al pis de París que no al de Barcelona, i potser en tenia un altre a Nova York. Per a una *top* seria el més normal.

–Digues a la Carmina que m'ho investigui, d'acord?

–L'hi diré.

–Demà me'n vaig a Nova York. Si és que troba res, que m'ho deixi dit a l'hotel aquesta tarda abans d'anar-se'n.

–D'acord. Tinc una altra trucada, Jonatan.

–Un petó, mare.

–No t'enamoris d'una model –va ser l'últim que vaig sentir que deia abans de penjar.

17

Era difícil no fer-ho.

Quan vaig arribar a la perruqueria de l'Ivan, un dels temples parisencs de la modernitat, les models encara no havien tornat de menjar alguna cosa. Portaven un lleuger retard.

–Tu ets el Jon Boix, el periodista català? La Trisha m'ha dit que et doni carta blanca, o sigui que tu mateix... al teu aire, sense problemes –em va saludar el perruquer per les mans del qual passaven els caps de les belleses–. Ah, fixa't en la Marcia Soubel. Només té catorze anys i és la benjamina. És l'última sensació!

Em va explicar que les models eren al lloc de la desfilada des de les deu del matí, una antiga estació reconvertida per art de màgia en passarel·la de moda, a Neuilly. Després d'assajar durant cinc hores, perquè la desfilada «era complexa» i la roba «una passada» –paraules textuals–, havien anat a menjar i devien estar a punt de tornar. Tot l'equip de l'Ivan estava preparat per deixar les dues dotzenes de noies visualment perfectes. Es notava una tensió continguda.

No vaig haver d'esperar gaire. Només cinc minuts. Algú va dir:

–Ja són aquí!

I es va disparar l'adrenalina.

La d'uns quants, laboral. La meva, anímica.

Van arribar en un autocar. Exactament dinou dones per a només cinc homes. Tot i que ells eren molt atractius, em van sonar a complement, de més a més. Elles eren les reines. Eren el quid de la qüestió.

I va ser com si amb elles aquell món comencés a tenir sentit.

Unes quantes es van escampar per les butaques de la perruqueria, mentre que les altres es van posar a esperar el torn assegudes per terra o en cadires. No hi havia ni ordre ni preferències; tot depenia de la mena de pentinat que haguessin de lluir, o de la complexitat del tractament estètic a què s'haguessin de sotmetre. El més curiós és que, a partir d'aquell moment, cadascú sabia quin era el seu paper. No calia ni àrbitre ni director artístic, com a la desfilada. L'Ivan es va clonar, multiplicant-se, per ser a tot arreu. I ho aconseguia, sense pressa però sense pausa, amb una professionalitat eficient, producte de moltes hores i moltes desfilades i moltes...

Les vaig observar, una per una, amb detall.

I vaig quedar força impressionat.

No tan sols una bona part eren del més normal que et puguis imaginar, dins dels cànons de bellesa, sinó que fins i tot n'hi havia alguna, almenys dues, que eren... lletges.

Asexuades i desneridament lletges.

Em pensava que em tornaria boig quan veiés tantes deesses juntes, el nombre més alt de dones boniques per metre quadrat reunides davant meu al llarg de la meva vida, però el primer cop d'ull va ser demolidor. Algunes, sí, eren adolescents i joves que fins i tot sense maquillatge brillaven amb esplèndida intensitat. Tenien morbo. Però el conjunt no passava de discret. Vaig arribar a pensar que el tal Michel de Pontignac les buscava neutres, sofisticades, extravagants, però no boniques. Tampoc no hi havia cap Naomi Campbell, cap Claudia Schiffer, cap Eva Herzigova. Totes eren desconegudes per a mi.

M'ho vaig prendre amb calma. Vaig fer un primer contacte visual genèric, i després puntual. Em vaig posar a passejar per aquell formiguer, sense interferir en res, com m'havia demanat l'Ivan. Intentava veure, entendre, i també escoltar.

Hi havia algunes converses trivials.

–He estat vuit hores dreta, i ell com si res, emprovant, canviant colors, teles, posant-me i traient-me coses, arracades, adorns... En un moment donat m'ha punxat amb una agulla i he cridat: «Ai!» Llavors m'ha demanat perdó i li he dit: «No, tranquil, així he comprovat que encara tinc sensibilitat al cos.» I és que no sabia ni l'hora que era. Està boig.

–Però m'encanta el que fa.

–Ah, això sí. La seva última desfilada va ser una passada.

Les que ja estaven assegudes, amb una perruquera o un perruquer que els modelava els cabells, observaven amb atenció el que se'ls feia. Les que preferien llegir una revista o un llibre estaven completament absents. Sabia que passen moltes hores mortes, i que totes hi estan acostumades, però vaig constatar la paciència que tenen. La seva feina no acaba fins que no es tanca la desfilada.

–Què estudies?

–Japonès! Noia, tinc molta feina allà i no m'assabento de res.

–Però si tu parles cinc idiomes.

–Sí, perquè tinc facilitat. Per això ho faig. A ells els agrada que els diguis coses en el seu idioma.

L'Ivan estudiava la cara d'una noia d'uns dinou anys que feia quasi metre noranta. Per a mi era de les més guapes.

–Et dissimularé les ulleres amb una mica de maquillatge.

–És que només he dormit quatre hores. Ahir vaig passar vint hores entre vols i aeroports. Va fallar un enllaç a Dubai, saps?

Unes portaven bata blanca, les altres anaven amb la seva roba de carrer, informal i discreta. Cabells llargs, cabells curts, ulls de mirada intensa, llavis carnosos gairebé totes, pits diminuts la majoria, mans de dits llargs... Vaig buscar la que m'havia dit l'Ivan, la Marcia Soubel. No em va costar identificar-la. Sense maquillatge era senzillament una nena preciosa de catorze anys. En aquell moment precís començaven la seva conversió.

Em vaig quedar mirant mentre escoltava una altra conversa.

–Tu ets la Beth Adams, oi? Jo sóc la Jacqueline Drew. Et vaig veure a la campanya de Viremus. Molt bona.

–Jo t'he vist fa uns quants dies a la portada del *Bunte*. Què tal?

Fumaven. Totes fumaven.

La conversió de la Marcia Soubel va ser vertiginosa. De nena a dona en cinc minuts. Devia fer metre setanta-cinc o setanta-set, cames llargues, una carona molt dolça. La seva mare estava a prop seu. Vaig saber que era ella perquè portava un *book* de la seva filla entre les mans, disposada a ensenyar-lo a qui fos. Quan la Marcia Soubel es va aixecar de la cadira, me n'hauria enamorat, més ben dit, em va enamorar. Li hauria posat fàcilment vint anys.

La conversió de la resta de les nenes va ser més o menys per l'estil.

Les dues que m'havien semblat lletges es van transformar en dues dones sofisticades i elegants. Les que eren guapes van excedir-se. Les joves van rebentar. No hi va haver miracles de pans i peixos, però sí d'exuberàncies visuals. En algunes, només amb un petit toc n'hi havia prou per potenciar-ne el morbo o fer-te estremir. Cossos àgils, formes breus, expressió. Mentre elles creixien, jo em feia petit. Començava a entendre moltes coses.

–T'has canviat la imatge?

–Sí, t'agrada?

–Sí, t'afavoreix. El tall dels cabells és genial.

–Va ser a Nova York. Em va agafar un rampell.

N'hi va haver alguna que va correspondre a la meva mirada. No és que fossin sofisticades, però, acostumades com estaven als curiosos, em retornaven una indiferència total. Marcaven distàncies. Actuaven a la defensiva. Semblaven fins i tot avorrides.

I passaven de tot. El món girava al seu voltant, no al revés.

Crec que per a elles els únics superiors eren els qui les contractaven i, potser, l'agència que les tenia en nòmina.

–T'he enviat dos o tres faxos...

–Fa un mes que no passo per casa. Em compraré un portàtil, perquè si no...

Quedava poca estona, però d'una en una van anar sortint de la gestació estètica o, millor dit, del reciclatge visual. Després, elles mateixes es maquillaven o es retocaven. Els cinc nois feien la impressió de viure completament aliens a tot allò, encara que eren cinc espècimens de primera. Al seu costat, jo era una fotocòpia.

–Au, anem... a l'autocar!

Les dones que havien entrat feia una estona no tenien res a veure amb les que ara sortien. La Marcia Soubel, com al seu moment la Vània, la Cyrille o la Jess, brillava des dels catorze anys amb esplendor. Quan van ser al carrer, van col·lapsar el trànsit. Ningú no les va deixar de mirar. Els qui anaven a peu van contemplar la desfilada. Els qui anaven amb cotxe es van aturar per atendre una prioritat. Vam entrar a l'autocar, models i legió de perruquers i perruqueres armats amb les seves eines de treball, i vaig tenir sort: em va tocar seure al costat d'una de les models, solitària i taciturna. Semblava una de les més discretes..., si és que allà hi havia alguna cosa que fos discreta.

Em vaig presentar i, anant cap a l'estació de la desfilada, em va explicar algunes coses. No li va fer res que les anotés. Algunes eren reveladores:

«Quan surto a la passarel·la, em podria menjar el món. La timidesa i els nervis desapareixen.» «L'edat no importa. Has de tenir il·lusió, ganes. Quan la gent em mira, i m'admira, em sento bé.» «No volia ser model, no m'havia passat pel cap. Però m'ho van proposar i... ara m'entusiasma.» «Les *tops* guanyen milions i els pugen els fums. Jo abans era molt tancada i ara sóc més oberta. Es madura abans.» «Quan faig una sessió de fotos estic molt contenta perquè he superat l'elecció: la feina ja és meva i no he de competir. Però fent sessions de fotos et cremes abans: la gent et veu i t'associa amb una marca, de manera que ja no et volen per a cap altra marca. A la passarel·la, com més et veuen, més et criden i et demanen.» «M'encanta conèixer gent. És el millor.» «Per la forma de la meva cara, treballo més a fora de França que aquí.» «Sempre viatjo sola. Això sí que és avorrit. Als aeroports, encara que vagis normal, els homes saben que ets model i t'assalten.» «Ens ho expliquem tot. Això és important. Una bona feina, un modista dolent, un fotògraf bo... Ens hem de protegir les unes a les altres.» «Que per què sempre ens casem amb gent més gran que tenen diners i fama? Doncs deu ser perquè no se'ns apropen nois normals, o perquè madurem massa ràpid. Es pensen que som inaccessibles. Bé, aquest no és el meu cas...»

Quan vam arribar al lloc de la desfilada, tot va canviar. Si a la perruqueria tot havia estat calma, encara que amb certes presses, ara ja no hi va haver ni un sol moment de relaxació. El director artístic es va posar novament a comandar la tropa. Les persones encarregades de vestir-les i les costureres es van posar en moviment. Cada model va buscar a la seva zona de *boxes* el lloc on hi havia la seva roba, el seu petit espai vital. La sala era llarga i estreta, i als *boxes* els vestits penjaven de les «burres», uns penjadors de ferro. A la «burra» hi havia tots els conjunts, incloses la sabates, numerats per l'ordre de sortida. Vaig veure que cada model passava un mínim de tres vestits. Cinc, les que en passaven més. Les vestidores, que anaven de blanc, es van col·locar al costat de les seves models, una per cap, per ajudar-les en tot. Els perruquers van continuar assistint-les; mentrestant, l'Ivan es va instal·lar en un mostrador més gran, al costat de l'accés a la sala de la passarel·la. Ja hi havia gent.

Va començar la primera posada a punt. Les models es van despullar. Només algunes es van girar d'esquena o es van tapar els pits, ben poques. La qualitat, la bellesa i el luxe de les seves robes interiors rivalitzava amb el que s'anaven a posar al damunt. Així vaig poder veure, en general i molt de passada perquè ho feien tot molt de pressa, els seus cossos, prims, alguns en excés, com al seu moment ho havien estat els de la Vània, la Jess i la Cyrille. Noves Noies de Filferro. Després, la fantasia dels dissenys del Michel de Pontignac va agafar relleu. Gases de colors sense res a sota, lluentons gens discrets, molta carn a l'aire lliure, molta pell nua... La Marcia Soubel, que als seus catorze anys no podia entrar a veure segons quines pel·lícules, portava un dels vestits més descarats: dos petits tapalls als pits i un triangle entre les cames, amb un tul blanc i transparent pel damunt. La seva mare la mirava orgullosa. L'endemà el món sencer la veuria així, pràcticament despullada, i ningú diria que es tractava d'una menor. Era model.

–Cinc minuts!

Ja estaven a punt, però era el moment dels nervis finals. Retocs, ajustos, consells...

–Ja sé que no pots caminar bé! Ja sé que pots caure! Però camina i recorda: passos curts, malucs enfora, moviment! Molt de moviment per contrarestar els passos curts!

Qui ho deia era el Michel de Pontignac, cabells tenyits de verd, una samarreta daurada, ajustada i una mica per sobre el melic, pantalons vermells i sabates amb plataforma de cinc centímetres.

–Au, vinga, Agatha, que ets la primera! En posició!

Era el meu primer ritual. Per als altres no, però, en canvi... semblava que també fos el primer per a quasi tots i quasi totes.

Pel monitor interior el director artístic va contemplar la sala, plena de gom a gom, amb les càmeres dels fotògrafs i de les televisions al fons, i a les primeres files, a banda i banda de la passarel·la, la gent d'upa del moment, el «tot París», o la flor i nata del món de la moda internacional. No havia dit la Trisha que el Pontignac era un dels genis emergents?

–Som-hi, música!

Va començar la desfilada.

I durant vint minuts, potser vint-i-cinc, van anar sortint, caminant, fent que el públic al·lucinés; mentre unes es canviaven les altres anaven lluint la figura i la roba, llavors aquestes tornaven i les primeres sortien novament, i així sense solució de continuïtat. Cada cop que entrava una noia l'ajudaven a despullar-se i a col·locar-se el vestit següent, i l'Ivan o alguns dels seus la retocaven, o, en el pitjor dels casos, alguna costurera li feia retocs fins al mateix moment de tornar a sortir.

Quasi semblava impossible que tot pogués sortir bé, però així va ser.

Perfecte.

Cap d'elles no va ensopegar, cap d'elles no va desentonar. Allò funcionava.

–Última sortida!

I el colofó. La música va pujar de volum, va créixer en forma de fanfara. Per al final, els vestits més cridaners, inclòs un vestit de núvia impossible de gases multicolors transparents amb calcetes i sostenidors blancs. El portava la debutant: la Marcia Soubel.

Plena d'orgull.

Després, els aplaudiments, les models van fer sortir un «sorprès» però feliç Michel de Pontignac, la gent dreta. La consagració, la bogeria. I també el somni. La il·lusió d'haver creat una fantasia. Em preguntava qui es posaria tot allò. Però en aquell moment aquesta pregunta era supèrflua. La festa era la festa.

Les models, les reines, deesses oficiants.

Només llavors, quan ja havia passat tot, quan els llums de la passarel·la es van apagar i el personal es va tornar a aïllar de l'exterior, vaig veure que tres de les noies parlaven amb tres dels models, i que una altra feia un senyal a un quart indicant-li que es veurien després. Les altres es van canviar ràpidament. Vaig sentir comentaris com ara «m'espera el nòvio», «me'n vaig a dormir que demà surto cap a Milà» o «tinc un sopar amb...».

Tornaven a ser homes i dones normals i corrents, vius, humans, amb instints.

Em vaig adonar que estava esgotat. Físicament i mentalment esgotat.

18

Quan l'avió es va enlairar amb destinació a Nova York, encara tenia al cap la ressaca de la tarda anterior.

No, no vaig sopar amb cap model. La Sofia era a Barcelona i no era cap d'elles. Vaig sortir d'aquella estació de Neuilly tot sol i em vaig posar a caminar, sense rumb però en direcció al centre de París, cap a la plaça de Charles de Gaulle, on comencen els Champs Elisées. Llavors vaig entrar en un restaurant i, durant una hora, vaig anotar les meves impressions. Quan vaig arribar a l'hotel, hi havia el missatge de la Carmina amb l'adreça de l'antic apartament de la Vània a París.

Ja era tard, de manera que me'n vaig anar a dormir. L'endemà al matí, abans d'agafar el vol París - Nova York, vaig passar per aquella adreça.

Els nous inquilins no hi eren, i el porter, un tipus molt estirat, em va dir que només feia tres anys que treballava allà. Així doncs, cap dada, cap indici. I no era qüestió de trucar als altres veïns, ja que es tractava d'un edifici de luxe i jo no disposava de gaire temps. Només volia saber si la Vània havia fet amistat amb algú de l'immoble. I si aquest algú recordava l'amiga negra de la model.

La diferència respecte a França era de sis hores, o sigui que vaig arribar a la ciutat dels gratacels que encara tenia tota la tarda. Amb una mica de sort, si aconseguia veure l'exmarit de la Vània, aquella mateixa nit podria agafar un avió cap a Los Angeles. Cansament a part, això alleugeria el pressupost de l'aventura. Si hi ha alguna cosa cara en aquest món, són els hotels de Nova York. Fins i tot els

més barats tenen preus de cinc estrel les.

A l'aeroport vaig agafar un taxi, després d'haver jurat a la meva declaració d'entrada que no pensava matar el president dels Estats Units i d'haver convençut l'home dels passaports que tot i que el meu vol de tornada no estava tancat, no tenia cap intenció de quedar-me a treballar en aquell país. Li vaig donar al taxista l'adreça de la galeria d'art del Robert Ashcroft al popular barri de Tribeca, a Manhattan. Segons la Carmina, aquella mena de galeries obrien i tancaven com si res, de manera que potser ja no existia. Però encara que hi fos, el més probable era que no coincidís amb l'exmarit de la Vània, l'home que havia portat la *top* a l'altar quan tenia vint-i-tres anys... tot i que va durar poc. Estava convençut que hauria de buscar al Robert Ashcroft l'endemà al matí i que, per tant, hauria de fer nit a Nova York.

Segons la meva mare, sóc un tipus afortunat. Conseqüència de ser Leo. Ara ho posaria a prova.

Al cap de quinze minuts, «la línia del cel», com es coneix el perfil de Nova York en arribar a la ciutat, va esclatar davant meu amb la seva presència magnífica.

Aquella urbs sempre respira energia. Em vaig extasiar contemplant-la mentre accedíem a Manhattan des de Brooklyn pel pont famós, fins que els gratacels em van engolir.

Tribeca bullia. Botigues de moda, restaurants, comerços... Antigament, allà només hi havia magatzems vells. Des que els marxants d'art hi havien anat al començament dels vuitanta, i gent com Robert de Niro hi havien instal·lat els seus propis estudis de cinema, era tota una altra cosa. El dèdal de carrers, molt diferent de les avingudes i illes rectangulars del centre, em va produir la sensació inevitable de vitalitat que experimento sempre que arribo a Nova York. La meva destinació estava en un xamfrà obert i lluminós.

Vaig entrar a l'Ashcroft Gallery, que no era precisament petita sinó més aviat una galeria de primera. Hi havia una exposició d'art modern amb quadres de grans dimensions, o sigui, per a parets impossibles. Vaig agafar aire i em vaig apropar a la noia que atenia la clientela.

–Robert Ashcroft, sisplau?

Ni em va contestar. Es va limitar a tombar-se i apuntar cap a un home alt i de bon veure que parlava amb un altre home no tan vistós, més discret.

La meva mare tenia raó.

Em vaig entretenir mirant les obres, molt coloristes, mentre esperava que el meu objectiu acabés de parlar amb l'altre home. Aquest li acabava de comprar un quadre, de manera que quan se'n va anar em va somriure, per si jo també picava.

Vaig allargar la mà al tipus que havia estat capaç de seduir la Vània fins al matrimoni. Quan es van casar, ell tenia poc més de trenta anys. Ara havien passat dotze anys, per tant en tenia més de quaranta.

–Senyor Ashcroft...

Va mirar la meva bossa. Encara hi penjava l'etiqueta del vol París - Nova York.

–Acaba d'arribar?

–Sí.

Li va semblar estrany que ni tan sols hagués passat per l'hotel per deixar la bossa.

–Em dic Jon Boix, i sóc de la revista *Zones Interiors*, de Barcelona. Estem fent un reportatge sobre la Vània.

Li va canviar la cara.

–Per què no la deixen en pau? –em va preguntar amb amargor.

–Ho sento.

–Jo també. –I em va allargar la mà, com si donés per acabada la nostra conversa.

No hi vaig insistir. Sé quan algú diu «no», i ell havia dit «no». I sé quan algú sobra, i jo sobrava. Temps perdut. Diners perduts. Vaig respirar fondo i em vaig encaminar cap a la porta per agafar un altre taxi que em tornés a l'aeroport. Així que vaig ser al carrer, vaig sentir la seva veu:

–Escolti.

Em vaig girar. El Robert Ashcroft era a la porta de la galeria, darrere meu. No em vaig moure.

–Què vol saber a hores d'ara que no s'hagués publicat ja llavors? –va remugar.

–Han passat deu anys –vaig replicar.

–I això canvia alguna cosa? –va fer un gest amb una mà. L'altra la tenia a la butxaca del seu impecable vestit jaqueta–. Miri, ens vam enamorar com dos bojos somiatruites i ens vam casar. Així de fàcil. Va ser una bogeria, però per això som humans, per cometre bogeries. Per a ella, jo vaig ser el primer home real que va conèixer. Per a mi, ella era una obra d'art, un quadre, una cosa irrepetible. Va durar poc, quasi res, però era lògic. Vivia el moment més àlgid, no parava de viatjar. Em tornava boig imaginant-la a qualsevol lloc menys aquí... i ens vam separar.

No semblava el tipus d'home que perd el cap per culpa de la gelosia.

–Gràcies –li vaig dir.

Va sospirar i va abaixar el cap, deixant caure la mirada a terra.

–No digui que sóc un mala bèstia. –Va tornar a aixecar la mirada i va somriure–. Això és dolent per al meu negoci.

–D'acord. –Jo també vaig somriure.

–Quina mena de reportatge fa?

Tot i que estàvem parlant i ell m'havia fet aquesta concessió, no es tractava d'una entrevista. En qualsevol moment li podien trucar per telèfon i... adéu-siau. De manera que vaig anar al gra.

–No és només el reportatge –li vaig dir–. També busco la Vània.

Va arquejar les celles.

–Ho diu de debò?

–Sí. Sap on pot ser?

–No.

–Ni idea?

–Ni idea. Quan ens vam separar, vaig deixar de veure-la, i després... Li vaig trucar quan va morir la Cyrille per donar-li el condol, i vaig fer el mateix quan va morir la Jess. Dos o tres anys després del judici de París em vaig adonar que havia desaparegut, que ja ningú no en parlava. Vaig llegir-ne alguna cosa al diari o en alguna revista, però prou. Va ser quan em vaig preguntar què diables devia fer i on devia ser. Encara avui és un misteri per a mi.

–Hi ha qui diu que va morir.

–Sense que ho sabés ningú? –va expressar la seva estranyesa–. La gent no mor en secret, i encara menys una *top model* com la Vània.

–Han passat deu anys i les persones ho obliden tot molt de pressa.

–Vostè quina edat tenia, llavors?

–Quinze.

–L'ha oblidada?

–En el meu cas és diferent. Treballo en una revista i em moc en cercles...

–És igual. Si la Vània hagués mort, se sabria.

–La creu capaç de desaparèixer sense deixar rastre, amagar-se i passar de tothom, farta de tot?

–Sí. –Ho va dir molt segur.

–Per què?

–Perquè jo la coneixia bé. Perquè llavors ja estava esgotada. Perquè és de les persones que quan prenen una decisió... la compleixen. La Vània tenia caràcter. Si va dir «prou», ho va fer, segur. Ja li he dit que estava esgotada, i parlo d'un any abans de les morts de la Cyrille i de la Jess. Totes tres eren carn i ungla, quasi una sola persona. No he vist mai ningú tan unit com elles. S'estimaven. Les dues vegades que li vaig trucar per donar-li el condol, va ser dramàtic. Amb la Cyrille, se'm va posar a plorar. Estava morta de por. En el cas de la Jess... era com si estigués fora de si. Em vaig espantar.

–Va provar de veure-la?

–No. No hauria servit de res. En aquell moment jo estava a punt de casar-me i no era qüestió de... bé, ja sap. A més, si em presentava a París i la Noraima no me la deixava veure...

–La Noraima?

–Sí, la seva assistenta.

La dona negra. Per fi.

–Pel que sembla li feia molt costat.

–Massa –es va posar seriós–. Quan ens vam casar la vaig haver de posar a ratlla. Només li va faltar dir: «O el teu marit o jo.» Després, quan ens vam divorciar, no li va sobrar temps per tornar, o potser va ser la Vània qui li va trucar. Exercia una influència molt forta sobre ella, era gairebé com si fos la mare que tant necessitava la Vània.

–Va tornar? D'on va tornar?

–No ho recordo. Era veneçolana o colombiana o... –va repetir la seva cara d'indiferència i al final va dir–: ... d'algun d'aquells països.

La conversa arribava a la fi: primer, es va moure inquiet; segon, va clavar una ullada al rellotge, i tercer, va passejar la mirada novament endurida amunt i avall del carrer. El seu moment de consideració i rara culpabilitat per haver-me despatxat amb males maneres havia passat. Jo tornava a ser un periodista curiós disposat a ficar el nas a la vida dels altres.

–Gràcies per la seva ajuda. –Li vaig allargar la mà, sense temptar més la meva sort.

–Si la troba, publicarà...?

–Sí.

Vaig pensar que em demanaria que li enviés la revista. No ho va fer. Devia suposar que l'exclusiva també es publicaria als Estats Units. Al cap i a la fi, les Wire-girls van néixer en una revista americana.

–Si jo fos vostè m'emportaria un quadre de Jason Constanti.

Jason Constanti era el colorista de les teles de grans dimensions.

–Porto molt poc equipatge. –Li vaig somriure.

Vam deixar de donar-nos la mà i es va ficar cap dins. Jo no vaig trobar un taxi fins al cap de vint minuts.

I això, a Nova York, és molta estona.

19

De Nova York a Los Angeles, de la costa Est a la costa Oest, hi ha tres hores de vol, però novament contra el sol. O sigui que, a les sis hores de diferència respecte a Europa, hi vaig haver de sumar les tres hores de diferència entre costes. Així doncs, representava que feia més d'un dia i mig que no dormia des que m'havia despertat a París –a no sé quina hora de la matinada o pràcticament de dia–, tot i que a Los Angeles era quasi mitjanit.

Vaig llogar un cotxe a l'aeroport –perquè a Los Angeles sense vehicle no ets ningú i et gastaries els estalvis en taxis–, i em vaig dirigir directament al Westwood Hotel, a la zona de Westwood, on hi ha la famosa UCLA, la Universitat de Califòrnia Los Angeles. No sé per què, però és la zona de la megaurbs que m'agrada més. Nova York és un espai vertical. Los Angeles és un espai horitzontal, una ciutat estat amb carrers com autopistes que fan cent quilòmetres de llargada. Aclaparadora. Però a Westwood encara es respira el to precís per sentir-se una mica bé. M'encanta Nova York però odio Los Angeles. Crec que arribarà un dia que explotarà i s'esfondrarà. Els vells mites,

Hollywood Boulevard, Sunset Boulevard, Bel Air, Beverly Hills, Santa Monica... Tot segueix una espiral de violència creixent que fa feredat. Només es respira una mica de pau i fantasia a les platges de Venice o de Manhattan Beach.

Em va costar molt dormir. Vaig començar a donar voltes al llit i al final em vaig haver de prendre una aspirina, que és el millor dels calmants-sedants-somnífers que conec. Tenia el cap ple d'avió i de Vània. Tancava els ulls i la veia.

M'adormia una mica i encara estava dins del Boeing. Em tornava a despertar i raonava tot el que havia esbrinat: gairebé res. El pitjor era que arribava a les meves últimes pistes. Després de veure els pares de la Jess Hunt ja no em quedaria quasi res. Encara no sabia si volia anar a visitar els pares del Nicky Harvey. Potser sí que faria el millor article de la meva vida, perquè m'hi sentia molt implicat, però d'aquí a poder dir que la Vània vivia o estava en algun lloc concret...

La model que havia enamorat milers de persones va estar sola, sempre sola.

Només un personatge nou per afegir al cas: la Noraima.

Potser era la «lletra petita» de la història de què m'havia parlat la mare?

Vaig passar de la intuïció de la mare a la intuïció de la Sofia. Ella m'havia dit que la Vània ho havia hagut de deixar, farta, cansada. Suposant que fos així, on podia ser?

Localitzar la Noraima Com-es-digués es va convertir de cop en el meu objectiu principal. Però, qui en podia saber res?

Ningú.

Em sembla que quan em vaig adormir ja es feia de dia. Recordo que entrava llum per la finestra.

20

La majoria de les sèries de televisió americanes, les populars *sitcoms*, és a dir, comèdies de situació, d'una durada de mitja hora i filmades íntegrament en estudis, es fan a Burbank. Allà hi ha els grans estudis Burbank, molt a prop dels estudis Universal. Com tots els barris o districtes de Los Angeles, Burbank és una «ciutat» com els dos districtes que la flanquegen, Hollywood pel sud, North Hollywood per l'oest. L'última filla dels Hunt, la Barbara Hunt, la germana petita de la Jess, rodava una sèrie, almenys fins feia uns quants mesos, a Burbank Studios. Però evidentment no hi vaig anar directament. No era qüestió de molestar algú mentre treballava. La Barbara no era l'estrella de la sèrie, sinó un dels personatges secundaris, però sabia que era inútil provar-ho. A més, tot i que també la volia veure a ella, qui m'interessava de debò eren els seus pares: el Palmer i l'Agatha Hunt.

No vivien lluny de la feina de la noia, a les muntanyes de Santa Monica, just al sud-oest de Burbank, entre Hollywood i North Hollywood, al nord de Beverly Hills. Al cap i a la fi havien anat a viure a Los Angeles per ser a prop d'ella, tot i que la Barbara Hunt ja devia tenir divuit anys. Les dades de feia una dècada deien que els Hunt eren molt religiosos, en grau superlatiu. Això indicava una unitat familiar forta. La Jess havia trencat en part aquestes cadenes, o sigui que era lògic pensar que ara els Hunt vetllessin fins i tot amb excés per la seva única filla.

És clar que tot allò eren suposicions, extretes a partir del poc que sabia, el poc que havia aconseguit indagar la Carmina i el poc que s'havia escrit després de la mort de

la Jess. Que la Barbara Hunt hagués debutat com a actriu adolescent feia cinc anys, evidentment va ser notícia. Però, de moment, una estrella secundària d'una sèrie de televisió no donava per a més. El morbo passa ràpid.

Em vaig perdre, i vaig tardar quasi una hora a aparcar finalment al davant de la casa dels Hunt. Anar a una adreça normal és fàcil, però encertar-ne una que està en una muntanya plena de revolts i carrerons... A més, no pots preguntar a ningú. Allò era Los Angeles. Si m'apropava a una casa, m'hi podia trobar un cotxe de la policia alertat per algun dels seus habitants, un gos que havien deixat anar expressament, o bé un tret al pit disparat per un dels veïns en defensa pròpia. Quan per fi vaig localitzar la Green Valley Road, vaig respirar. La contigua era la meva: Green View.

L'Agatha Hunt em va rebre al cap de cinc minuts, després que una criada amb aspecte de mexicana m'obrís la porta, agafés la meva targeta i em fes passar. No vaig entendre per què va arrufar les celles quan li vaig demanar pels «senyors Hunt». Però no va dir res. Tampoc no em va semblar rellevant. Vaig donar per fet que el Palmer Hunt no era a casa per motius laborals.

La dona que un dia va dir a la seva filla gran: «Déu t'ha fet bonica per a alguna cosa; si no, t'hauria fet com qualsevol altra dona. Així doncs, que el Senyor se senti orgullós de tu», era digna d'una frase com aquesta. Vestia amb classe, un cert aire antic, i tant la seva cara com els seus gestos, com la figura mateixa, denotaven un estat de pau i equilibri notables. Parlava a poc a poc. Em va fer la impressió que fins i tot ho feia amb un deix de superioritat, propi dels qui es creuen en possessió de la veritat, o per sobre del bé i el mal. A mi m'era igual. Mentre volgués parlar amb mi...

I era de les que volia.

De les que sempre busquen un públic.

–Barcelona? –va somriure, després de donar-me la mà amb la mateixa flaccidesa amb què ho havia fet la Trisha Bonmarchais a París, però amb menys sofisticació–. No sabia que la sèrie de la Barbara s'emetia també allà.

Com que no era així i vaig tenir por de començar dient-li la veritat, vaig mentir:

–Està anunciada per a la pròxima temporada.

–Ah. I vol tenir material sense haver d'acudir a una agència o alguna cosa per l'estil –va continuar somrient–. Em sembla bé.

–Estic de pas per Los Angeles. Sé que el més normal seria que parlés amb l'agent de la Barbara, ho sé, però...

–És igual, és igual, senyor Boix... ho dic bé?

No ho deia bé, però òbviament li vaig dir que sí.

–La Barbara tornarà d'aquí a vint minuts, mitja hora a tot estirar, tot i que a l'estudi acostumen a acabar puntuals, i més avui, que és divendres i tothom té ganes de tocar el dos. Pot esperar-la.

–I de fet també volia parlar amb vostè, esclar. La seva opinió és molt important.

–Gràcies –va somriure.

De manera que em vaig posar a parlar de la Barbara, esperant el moment oportú per girar el rumb de la conversa. Quan hagués aconseguit engrescar-la a parlar, llavors començaria a preguntar sobre la Jess.

No va caldre. Al cap de deu minuts d'explicar-me les bondats artístiques de la seva filla petita, ja havia esmentat el nom de la Jess mitja dotzena de vegades. M'ho va donar pastat.

–Després del que li va passar a la Jess, no li fa por que la Barbara caigui a les mateixes trampes?

–Tot és possible, senyor Boix –em va dir reflexiva i sense esquivar la perillositat de la pregunta–, però Déu no castiga dues vegades amb la mateixa brutalitat. Quan la Barbara em va expressar la seva vocació artística, igual que un dia ho havia fet la Jess, la vaig advertir seriosament, li vaig recordar el que havia passat amb la seva germana, i va estar d'acord en el fet que les coses anessin com són ara. Moltes noies de l'edat de la Barbara ja s'han emancipat, i més treballant com ho fa ella. Però continuem juntes. Al capdavall, com que els meus dos fills mascles s'han quedat a Ohio, només ens tenim l'una a l'altra.

De sobte, vaig entendre per què la criada havia arrufat les celles quan li havia preguntat pels «senyors Hunt».

–El seu marit...?

–El Palmer va morir fa quatre anys, víctima d'un càncer de pròstata que l'hi va fer passar molt malament els últims anys. No ho sabia?

–No, ho sento.

–Bé –va abaixar els ulls cap a les seves mans, cuidades i harmòniques, que reposaven fermes sobre la falda–, la mort de la Jess va ser una convulsió molt forta, sap? Ningú no la va superar, però el meu marit... Per a ell va ser pitjor.

–En quin sentit?

–Es va enfonsar. Va quedar destrossat. Ja sabíem que la Jess s'havia escapat, que estava fora de control. Però crèiem que recordaria el que li havíem transmès, el valor de la vida, tot el que fa que en aquest món valgui la pena lluitar. Llavors els esdeveniments es van disparar: l'avortament, l'addicció a les drogues, la seva mort... Va ser molt trist. El meu marit es va tancar en ell mateix, no parlava amb ningú, es passava el dia resant tot sol i en silenci. Moltes nits el sentia plorar. Sé que se sentia culpable de tot el que havia passat. No ho va resistir. Al cap de dos anys es va començar a trobar malament i li van diagnosticar un càncer de pròstata. Es va operar, però ja no va poder superar la situació. Van ser quatre anys molt tristos, fins que va morir.

–Per què diu que la Jess estava fora de control? Ella i les seves dues amigues eren unes models molt cotitzades.

–Les seves amigues? –Va fer un gest de fàstic i tristesa–. Jo coneixia bé la meva filla. Ella no hauria fet mai res del que va fer si no hagués estat per la Cyrille i la Vània. Van ser una influència negativa. Elles i el diable, el Jean Claude Pleyel. Sense oblidar aquell infeliç del Nicky Harvey. La meva filla en va ser la víctima, senyor Boix.

Com li podia dir que, segons tots els indicis, havia estat la primera a provar les drogues i...?

–No deixa de ser estrany que en una família de con-

viccions religioses tan profundes com les seves sorgeixin dues estrelles, una de la moda i l'altra de la televisió, i, possiblement, del cinema.

–No hi ha res de dolent en això –em va mirar com si el sorprenguessin les meves paraules–. Cada ésser humà ha d'aportar el que pugui a la felicitat dels altres. Si la Barbara hi contribueix amb la seva feina en una sèrie de televisió, lloat sigui Déu. I si la Jess va contribuir a fer millor la vida d'altres persones, el mateix. La Jess era molt guapa, molt guapa, senyor Boix –va assenyalar una fotografia impressionant de la seva filla gran–. La bellesa no es pot tancar ni amagar. Jo volia que la Jess la lluís com una bandera. Ho va fer. Però el pal va créixer massa i es va trencar. Faré el que pugui perquè la història no es repeteixi.

Era una teoria. O potser una excusa per justificar-se. De tota manera, no era allà per discutir-li-ho.

Tampoc no volia perdre l'oportunitat. En qualsevol moment es podia adonar que estàvem parlant de la Jess i no de la Barbara.

–No ha tornat a saber mai més res de la Vània?

–No.

–Pensava que potser ella hauria vingut alguna vegada a visitar-la...

–No, no –va moure el cap horitzontalment–. Després del judici ja no en vaig tornar a saber res. Ni tan sols sé què deu fer ara.

Li molestava parlar de la Vània. Camí tancat.

–Creu que el Nicky Harvey va matar el Jean Claude Pleyel?

–Sens dubte –va ser terminant–. La Jess va cometre dos errors: caure en mans del Pleyel i enamorar-se del Nicky. Un la va portar a les drogues; l'altre, a cometre l'assassinat del fill que esperava. Quan la Jess va morir, el Nicky la va venjar. És més: no crec que el xicot de la meva filla morís accidentalment, com es diu, a causa d'aquella sobredosi. Sóc del parer que el Nicky Harvey també es va suïcidar. Se sabia culpable, l'estaven a punt de condemnar... I no era més que un nen espantat. No ho va resistir. Almenys, amb ell va acabar tot aquell seguit de tragèdies.

–Sens dubte vostè és una dona forta i valenta... –la vaig afalagar.

–Déu m'ha donat forces –va manifestar–. I encara me'n dóna. Arran de la mort de la Jess i de tota la resta, quan van voler fer una pel·lícula de tot allò... –es va estremir–, Hollywood és així, vaig haver de lluitar molt per impedir-ho. Però ho vam aconseguir. Els meus dos fills m'hi van ajudar. Des de llavors sempre he tingut por que tornessin a obrir el projecte, o que les coses tornessin a la llum. Ha fet deu anys de la mort de la meva filla, i a la premsa americana s'han publicat alguns articles, per exemple a Ohio, d'on provenim, a Nova York, a San Francisco i a Los Angeles. Si s'hagués fet aquella pel·lícula no hauria estat més que carnassa per als amants de les sensacions. La Drew Barrymore hauria fet el paper de la Jess –es va estremir novament–. S'ho imagina?

Havent perdut uns quants quilos per estar prima com la Jess, la Drew Barrymore hauria estat fantàstica. Però tampoc no li ho vaig dir.

–Vostè coneixia bé el Nicky Harvey?

–Només el vaig veure tres vegades, però ja en vaig tenir prou. Era un perfecte idiota, un tipus mesquí i estúpid, inútil i sense cap valor humà.

Disparava bales de plata i la seva boca era un flagell. Ni tota la seva religiositat li impedia parlar amb menyspreu dels qui, segons ella, eren els diables de la història: Pleyel i Harvey, sense oblidar els cants de sirena de la Cyrille i de la Vània. Tampoc no em servia de gaire que es posés tensa.

Vam sentir un cotxe a l'exterior, un clàxon que va fer dos tocs curts i un soroll procedent de l'entrada: la criada, que anava a obrir la porta.

–És la Barbara, senyor Boix. –A la mare li va canviar la cara.

21

La Barbara Hunt era el retrat de la seva germana gran, però amb els quilos justos i sense el morbo que aureolava la Jess. Desbordava vitalitat, un aspecte sa, enèrgic, i no tenia ni gota de la sofisticació o de la distant prepotència que se suposa que desprenen les actrius juvenils de les *sitcoms* ianquis. Per a mi va ser una revelació, una glopada d'aire fresc en la turbulència dels meus sentiments en la recerca de la Vània. Sincerament, m'esperava una altra cosa. Vaig pensar que no voldria parlar amb mi, que diria que estava cansada, que em demanaria que truqués al seu agent per concertar una cita, o fins i tot que posaria aquella cara tan americana dels que pregunten: «Barcelona?», i evoquen un mapa d'Amèrica del Sud preguntant-se per on redimoni deu caure això.

Doncs res de res.

La seva mare me la va presentar, i jo vaig haver de tancar la boca per no semblar un idiota, perquè vaig quedar bocabadat. M'hauria passat el mateix si m'arriben a presentar una germana petita de la Vània, amb les seves faccions i el seu gest. La Jess era la que menys m'hauria seduït de les tres, però ni la rossa germana de la Barbara, ni l'excitant i singular Cyrille, ni la meva adorada Vània eren allà. En canvi, la Barbara Hunt, sí.

Alta, metre setanta-cinc –o sigui, dos centímetres menys que jo–, rossa, ulls transparents, llavis espectaculars, cos esvelt i perfecte, sense retocs... Així, a primera vista, no entenies per què no era la protagonista de la sèrie en què treballava. Portava un vestit molt senzill, d'una sola peça, lleugerament escotat, de tirants, sense

mànigues i amb la faldilla just a mitja cuixa. Era com veure en directe l'anunci d'una colònia superrefrescant. Una colònia molt ianqui, per descomptat.

L'Agatha Hunt ens va deixar sols. Va tenir aquest detall. La Barbara es va asseure al mateix lloc que fins llavors havia ocupat la seva mare. Ja li havia dit que la sèrie no es veia a l'Estat espanyol, però que aviat s'emetria i que per això era allà. A la noia, però, se la veia contenta perquè sí, no perquè un periodista estranger l'anés a entrevistar.

Tampoc no era ingènua.

–No sembles periodista –va ser la primera cosa que em va etzibar quan ens vam quedar sols.

–Doncs ho sóc. –Li vaig passar el meu carnet i la credencial de *Zones Interiors*.

–Molt bé! –Me'ls va tornar de seguida–. La teva revista és important?

–Sí.

–Televisió, cinema, xafardeig en general?

–Toca tots els temes... i amb rigor.

–Has vist la sèrie en què treballo?

–No –vaig reconèixer.

Em va mirar fixament, i el somriure que li il·luminava la cara es va expandir encara més. Li van brillar els ulls. Va ser un espurneig elèctric. Encara no sabia si coquetejava o si es divertia a costa meva. Es va tornar intensament maliciosa.

–El teu interès per mi no deu tenir res a veure amb la meva germana Jess, oi?

–Per què ho preguntes?

Fa força temps que exerceixo de periodista, ja des d'abans d'acabar la carrera, però les noies guapes encara em superen. Sé que em vaig posar vermell.

Va deixar anar una rialla.

–Fa deu anys de tot allò –va calcular–, i la Vània era de Barcelona.

Em tenia atrapat.

–Com està? –va preguntar de cop.

–Qui?

–La Vània, qui vols que sigui.

–Ha desaparegut.

Li va canviar l'expressió.

–Des de quan?

–Des de fa deu anys –li vaig dir.

–La Vània no...?

–Ningú no sap on és. Quan va morir el Nicky Harvey i automàticament es va donar per acabat el judici, se'n va anar a una clínica per superar l'anorèxia i després... va desaparèixer. Amb el pas del temps, s'han fet especulacions, però no són més que això: especulacions. Hi ha qui pensa que s'ha mort i la notícia no ha transcendit, i hi ha qui pensa que és viva, però que, per algun motiu, està allunyada de tot. No hi ha gaires alternatives més.

–No en sabia res –va dir en un to d'absoluta sinceritat–, però ara entenc per què durant tot aquest temps no m'ha enviat ni una sola postal.

–Eres molt amiga d'elles?

–Bé, per a mi eren..., t'ho pots imaginar: tres deesses.

Em portava molt bé amb la meva germana. I tant la Cyrille com la Vània eren genials –va mirar darrere seu, cap a la porta de la sala, i va abaixar una mica el to de veu–: digui el que digui la mare, eren estupendes. Tres amigues de debò, anaven sempre a l'una.

–Però tu només tenies set o vuit anys quan van morir la Cyrille i la Jess.

–I què? T'asseguro que les recordo bé. La Cyrille em fascinava, era al·lucinant, màgica i misteriosa, pura essència africana. I la Vània es revestia d'una naturalitat i un encant... Deia que si un dia tenia una filla volia que fos com jo. Pel que fa a la meva germana, sempre deia que quan jo tingués catorze o quinze anys treballaria amb ella. Esclar que llavors la mare ja estava molt espantada amb el deteriorament de la Jess, i això feia que em protegís molt. Néixer l'última i tan despenjada de la resta de la família és un pal, saps?

–Et portes molts anys amb els teus germans?

–El Palmer Júnior va néixer dos anys després de la Jess, i el Richard tres anys després del Palmer Júnior.

Al cap de dotze anys... tatxan! –es va apuntar a si mateixa amb els dits índexs de les dues mans.

Era xerraire i divertida. M'encantava.

–Guardes moltes coses de la Jess?

–Sí, les vols veure?

–Esclar.

–Doncs vine.

Es va aixecar i em va precedir fins al vestíbul, on vam agafar una escala per anar al pis de dalt. Per les vidrieres es veia un paisatge magnífic, una petita vall amb cases escampades i mig amagades entre els arbres. No es pot negar que els qui viuen aquí, al país dels ianquis, viuen bé. Millor que bé. La piscina era a la part del darrere de la casa. No era gran, però era suficient. De fet, el meu pis no era gaire més gran que aquella piscina.

La Barbara Hunt no es va aturar fins que no va arribar a una porta de fusta. Pintat amb minucioses lletres vermelles posava: «Reserva índia - Els blancs a fora». Va obrir la porta i va entrar. Quan vaig ser a dins la va tornar a tancar, sense manies, i ens vam quedar tots dos sols, aïllats del món.

–Què et sembla?

Vaig saber a què es referia. Hi havia alguns pòsters de grups de moda i uns quants guaperes. Però una de les quatre parets era una mena d'altar dedicat a la Jess. Portades de revistes, publicitat, fotos d'estudi, fotos de passarel·la... I en un rectangle del suro, amb xinxetes de colors, una filera interminable de fotografies: la Jess sola, la Jess amb ella, la Jess amb la Vània i la Cyrille, la Jess amb la seva família...

–Me l'estimava molt, la Jess –va sospirar amb tendresa, i es va posar seriosa per primer cop–. La trobo molt a faltar.

La resta de l'habitació estava ocupada per mobles i armaris, llibres i discs compactes, un ordinador, un parell de guitarres, objectes diversos i propis del món d'algú com la Barbara. Sobre la taula vaig veure encara més fotos, de la Jess amb la Vània i la Cyrille, i de la Barbara rebent algun premi o distinció. També hi havia un àlbum amb retalls de premsa de la propietària de l'habitació.

Però sobretot em vaig quedar hipnotitzat en veure una imatge.

Estava en una cantonada del rectangle de suro. Em va cridar l'atenció perquè hi havia dues cares blanques i dues cares negres...

La Jess, la Cyrille, la Vània i...

–Aquesta dona...

–La Noraima –se'm va avançar.

M'hi vaig acostar una mica més. Les quatre dones duien banyador, els de les tres models eren sexis i discret el de la dona més gran, i al darrere hi havia unes palmeres i s'hi endevinava un ambient d'oci. Reien felices. En aquella fotografia, molt millor que la del diari de París, la Noraima aparentava uns quaranta anys, i mostrava una cara enèrgica però amb una mirada dolça. El seu braç envoltava l'espatlla d'una delicada Vània ja extremament esquelètica.

–Quan es van fer aquesta foto?

–Tres mesos abans que morís la Cyrille. Va ser l'última vegada que van estar totes tres juntes; per això la conservo.

–Ja havia sentit a parlar de la Noraima –vaig deixar escapar.

–Bé, és normal. Era la persona que estava més a prop de la Vània. Li feia de tot: des de cuidar-la com una mare fins a defensar-la com una guarda de seguretat. Se l'estimava amb bogeria. Feia tants anys que estaven juntes... La meva germana havia dit algun cop que la Vània tenia sort de poder comptar amb una persona com la Noraima.

–On són? –vaig assenyalar la fotografia.

–A Aruba.

Sabia on era Aruba: davant la costa de Veneçuela. Un país petit, tancat en una diminuta illa en ple Carib. Un paradís.

Ideal per a unes vacances o... per a alguna altra cosa.

Per exemple, per desaparèixer. Sense deixar rastre.

–La Noraima era d'allà –va dir la Barbara.

Era la primera pista que tenia sobre la dona negra, la persona que més i millor havia conegut la Vània en aquella època.

Aruba.

–Crec que la Vània sempre que podia passava algun temps a Aruba, per descansar; i la meva germana i la Cyrille, també –va continuar dient la Barbara, aportantme més indicis reveladors–. Un cop la Jess em va dir que allò era molt turístic, però més tranquil que altres punts del Carib.

–Recordes el cognom de la Noraima?

–No.

Cada cop que ensopegava amb alguna cosa amb relació a la criada i amiga de la Vània, gratava una mica, però prou.

Només una mica.

Un nom no era gran cosa per començar a buscar.

–Mira, fas res aquesta nit? –va inquirir de cop la meva amfitriona.

M'hauria jugat el que fos que ella sí. Un divendres a la nit...

–No –vaig respondre sense estar gaire segur de...

–Et ve de gust anar a sopar? Vull que em parlis del teu país.

Era la classe de desimboltura que m'agrada.

I, per descomptat, em venia molt de gust: per continuar parlant de les Noies de Filferro, perquè em veia passant una nit de divendres sol i avorrit a Los Angeles, i perquè m'encantava aquell remolí radiant que era la Barbara Hunt.

22

El Puff & Nubby's és a la vall de San Fernando, a Granada Hills, i era un local de moda lluny del glamur de les estrelles, que freqüentaven una altra mena de llocs. O almenys això és el que em va dir la Barbara. Hi vam anar amb el meu cotxe i vam agafar la interestatal 405, que, per cert, anava força plena. Ni tan sols em va deixar que passés per l'hotel per canviar-me. Es tractava d'una sortida informal. Ella, en canvi, sí que es va dutxar i es va posar un atractiu vestit que li realçava tot el que de fet ja estava prou realçat i a la vista. La seva mare no va dir res, però em va mirar amb una mica més d'agror, preguntant-se –n'estic gairebé segur– si jo destil·lava prou confiança per sortir amb la seva filla.

Durant el trajecte, em va parlar de la seva sèrie de televisió, del seu paper, em va explicar que l'any vinent se li acabava el contracte i que amb una mica de sort faria el salt cap al cinema, sense presses, sense voler pujar gaire ni massa ràpid. Per això estava contenta de no ser la protagonista de la sèrie. Així passava més desapercebuda. Segons ella, les estrelles de televisió tenien assegurat el pas a la pantalla gran, però molt poques triomfaven. O no s'hi adaptaven, o es cremaven de seguida.

Em va semblar intel·ligent, sensata, com si l'experiència de la Jess li hagués aportat realment alguna cosa. Això em va fer tornar a pensar en la Sofia, en la seva carrera contra el temps, en l'inevitable pòsit d'amargor que portava a dins.

Després vam parlar de Barcelona, durant la resta de camí cap al restaurant, i també mentre demanàvem el sopar, i mentre començàvem a menjar, i mentre acabàvem.

Vaig vigilar molt de no tornar a tocar el tema de la Jess. Em sentia a gust amb la Barbara. Fins i tot no m'hauria importat no tornar-ne a parlar. Era la primera vegada que estava amb algú com la Barbara Hunt a Los Angeles.

Al cor mateix del país dels ianquis.

Fins que vaig començar a pensar que, efectivament, allà tot era possible.

«Fàbrica de somnis», «*American way of life*», i tot això.

–Jon, què estàs fent, en realitat? –em va preguntar, ja a les postres.

–Un reportatge –No tenia sentit mentir.

–Sobre la Jess?

–No, no, sobre la Vània. –Vaig notar que això la relaxava.– La busco.

–Ah.

–Deu anys és molt de temps per no donar senyals de vida.

–Sí, ja ho sé –va abaixar els ulls cap al plat.

Se'm va ocórrer agafar-li la mà. Vaig compartir amb ella uns segons d'energia suau.

–Barbara?

–Sí.

Li vaig estrènyer una mica la mà abans de deixar-la-hi anar.

–La teva mare et deu pressionar molt.

–Molt –va reconèixer–, però em deixa treballar... i viure. En canvi, si el pare fos aquí...

–És com si hagués mort abatut per la tragèdia de la Jess.

–El càncer que va tenir va ser una conseqüència d'això, segur. Abans que la meva germana morís, ja estava desmoralitzat; o sigui que després... Tots aquells problemes, l'escàndol de la nena que es va matar...

–Quin escàndol?

–La Gladys Newman.

Per la cara que vaig posar va veure que no sabia de què em parlava.

–Aquí va ser molt sonat –va dir–, però és possible que a Europa no s'hi donés tanta importància. La Gladys Newman era una noia de quinze anys, fanàtica de la Jess, la Cyrille i la Vània, és a dir, de les Wire-girls. De fet, van ser el model de milers d'adolescents, i això sí que va ser tràgic. La moda Wire. Les tres estaven malaltes, anorèctiques. Bé, la Cyrille era bulímica, però és el mateix... Així doncs, es van convertir en el model de moltes noies. Volien ser com elles. L'ideal era estar, més que prima, esquelètica.

La imatge que projectaven atreia d'una manera poderosa –em va mirar fixament–. A tu t'agradaven?

–Molt, especialment el morbo de la Cyrille, la capacitat de fascinar que tenia la Jess i, molt especialment, tot el que emanava la Vània.

–Ho veus? Per a alguns homes estaven massa primes, no els agradaven, però per a altres era diferent. Aquelles mirades lànguides, aquell aspecte malaltís. I per a les noies, el que importava era que estaven molt primes. Triomfaven pel fet d'estar primes. En el cas de la Gladys Newman, la conseqüència va ser dramàtica. Estava boja, o es va tornar boja, tant se val. Tota la seva habitació era plena de fotos de la Jess, la Cyrille i la Vània. Plena. Era ben bé el que se'n diu una fan. Les imitava en tot, però especialment en el fet de voler ser tan prima com elles. Va morir d'anorèxia, i els seus pares van interposar una demanda. Naturalment va ser desestimada, però es va parlar molt del tema, de la influència que les persones importants, o suposadament importants, famoses, populars, exerceixen sobre la resta. Elles no eren culpables de la mort d'aquella noia. Però un dia vaig sentir el meu pare que deia que sí, i que Déu ens havia girat l'esquena. També va dir que el camí de la fi estava obert. Va ser tan apocalíptic...

La Barbara em parlava d'una fan fanàtica. S'adonava que el seu propi pare també ho havia estat? No em vaig arriscar a preguntar-li-ho.

–Molts grups de rock també han estat demandats sota al·legació que les seves lletres inciten alguns adolescents al suïcidi –vaig recordar el cas de Judas Priest.

–No crec que sigui just –va dir la Barbara–. Si el meu personatge a la sèrie de televisió se suïcida i una noia m'imita, demandaran la sèrie, demandaran el guionista, em demandaran a mi? Quan algú està malalt, els altres no en tenim la culpa.

–Com es van prendre aquest incident, elles tres?

–La que ho va passar pitjor va ser la Cyrille. Amb la infància que va tenir... Crec que la Jess, simplement, no hi va voler pensar. Ho va apartar del seu cap. La Vània, no ho sé.

–El teu pare ho devia passar molt malament.

–Des de la mort de la Jess, parlava de «l'espasa venjadora del Senyor», de coses... –va serrar els llavis i va intentar recuperar el seu estat d'ànim anterior–. Suposo que per a ell morir era el millor que li podia passar, encara que sembli dur dir això. Podria descansar en pau, tot i haver patit durant quatre anys. Deia que era just que fos així, que ho acceptava, que era el seu càstig.

Jo també vaig voler canviar de tema.

–I la teva carrera? No et fa por estar marcada pel que li va passar a la teva germana?

–Sí, sóc la germana de la Jess Hunt, però ho porto bé. Deu anys és força temps perquè la gent s'oblidi de les coses. Intento no cometre errors i ser feliç, saps? Penso que en la vida només tens dues opcions: o intentar ser feliç o morir-te de fàstic. Jo intento ser feliç.

–Crec que ets feliç.

–Oi que sí? –De sobte va lluir el millor dels seus somriures, i va afegir–: Què et ve de gust fer, ara? Demà és dissabte. Encara tenim tot un cap de setmana!

Se suposava que jo era el noi.

Però allò era Amèrica.

–Només he estat dues vegades a Los Angeles abans d'aquesta i sempre per motius laborals –vaig manifestar insegur.

La Barbara, d'insegura, no en tenia res.

–Vols anar a una discoteca genial? –em va proposar mossegant-se el llavi inferior amb picardia tot esperant el meu «sí» natural.

23

Em vaig despertar molt tard, tardíssim, i vaig tenir el temps just per dutxar-me i sortir de l'habitació amb la bossa ja feta. Si arribo a passar per recepció cinc minuts més tard... m'haurien cobrat un dia més per haver superat el límit de sortida. Vaig abonar l'import per a dues nits i vaig baixar al garatge per agafar el cotxe.

Al cap de cinc minuts ja m'orientava per Westwood per incorporar-me novament a la interestatal 405, direcció nord. La vaig enfilar pel mateix Wilshire Boulevard cap a l'esquerra.

Mentre abandonava Los Angeles, vaig pensar en la Barbara Hunt.

I un cop a la vall de San Francisco, em vaig acomiadar d'ella amb dolça nostàlgia, sabent que, difícilment, els nostres camins es tornarien a trobar.

Potser algunes cartes.

Potser.

Em vaig concentrar en la conducció per no embolicar-me amb les autopistes del nord de Los Angeles, tot i que el camí cap a San Francisco era clar i diàfan. Set-cents quilòmetres de bona *highway*. Segurament per la costa el paisatge era més bonic, però el viatge hauria durat més. Vaig menjar prop de Bakersfield i ja no vaig parar fins a arribar a Frisco –com l'anomenen allí–, pel sud, per Silicon Valley.

Cap al vespre, una mica cansat després de la nit de marxa, i encara afectat pel canvi d'horari, vaig aterrar a la més bonica –i més europea– de les ciutats americanes. Els mateixos habitants de Nova York, de Chicago, de Miami, i no cal dir els de Los Angeles, asseguren que a San Francisco «no passa mai res», la qual cosa és sinònim de pau i tranquil·litat.

Em vaig ficar en un motel: un *travelodge* que vaig ensopegar al centre mateix. L'únic que vaig fer va ser aparcar, demanar una habitació i deixar-hi la bossa. Al cap de cinc minuts tornava a ser al carrer, per agafar un taxi que em portés a Market cantonada amb Powell. No és que em sabés la ciutat de memòria, però tenia un bon plànol i ja hi havia estat un parell de vegades. A l'encreuament famós on surt el tramvia de la ciutat, vaig pagar el taxista i vaig agafar un tramvia per anar a Fisherman's Wharf, el vell moll de pescadors, on hi ha dotzenes de restaurants de totes les mides i tots els preus.

Ho reconec, estava deprimit.

Ideal per sopar sol.

La Vània, la Sofia, la Barbara...

Especialment, i per la proximitat, aquesta última. Una noia meravellosa en tots els sentits.

Vaig sopar. Vaig passejar pel moll 39, que és una mena de Maremàgnum barceloní, però amb tota la tradició de la seva història. Vaig comprar alguns regals a les botigues per a turistes que encara eren obertes, ja que fins aleshores encara no havia comprat res ni per a la mare, ni per a l'Elsa, ni per a la Carmina... I finalment vaig deixar de fer el paper de turista típic, tot i ser dissabte a la nit. Un taxista em va tornar al motel, i vaig caure al llit, rendit.

Sort que havia demanat que em despertessin, perquè si no...

Els pares del Nicky Harvey vivien al barri districte de Richmond, entre Presidio i el Golden Gate Park, de manera que mentre anava cap a casa seva vaig poder veure de lluny i a la meva dreta el llegendari pont de Golden Gate. La primera vegada que havia estat a San Francisco l'havia recorregut per sobre, amb cotxe, i la segona vegada per sota, amb vaixell. Aquest cop, m'estalviava fer turisme. Si aconseguia parlar amb els pares del Nicky, potser aquell mateix dia podria agafar un avió amb destinació a Europa, i un cop allà enllaçar amb qualsevol vol que anés a Barcelona. Seria una altra pallissa, però tots els viatges llargs ho són. Allà, ja no hi tenia res més a fer.

Última etapa.

Vaig aparcar a la cantonada. Pel que semblava, els Harvey continuaven vivint al mateix lloc de sempre, perquè era una casa senyorial, elegant i molt antiga. Pedres de feia anys. S'hi ensumava classe. I això em va fer mala espina. Un estrany pressentiment. El Nicky Harvey era un dels grans protagonistes, i també un dels grans perdedors, de tota la història de les Wire-girls. Per a l'Agatha Hunt, era l'assassí de Pleyel. Per al Frederick Dejonet i per a la Trisha Bonmarchais, un perfecte estúpid incapaç d'arribar a tant. Deu anys després, els seus pares estarien disposats a parlar amb un periodista desconegut?

Era l'hora de dinar. Però era diumenge i no sabia si els trobaria a casa. Si em veia forçat a visitar-los a la nit, ja no podria tornar fins l'endemà. Això si és que trobava algun vol. A la meva feina la incertesa sol ser irremeiable, però ara no estava per a filosofies. Alguna cosa m'impulsava a donar per tancada la meva estada als Estats Units.

Vaig dirigir-me cap a la porta exterior. Era oberta. No hi havia mesures de seguretat ni res d'això. Només una tanca amb una porta de fusta. Em vaig ficar cap dins amb compte, no fos cas que aparegués un buldog o un dòberman que em deixés la veu atiplada, i vaig arribar a la porta de la casa. Com que no hi havia timbre, vaig trucar amb un picaporta de bronze que copejava sobre una placa també de bronze. Al cap de menys de tres segons, em va obrir la porta una cambrera vestida de cambrera, és a dir, amb un uniforme blanc, còfia inclosa.

–Els senyors Harvey?

Anava a donar-li una targeta, però no vaig tenir temps. Un home va aparèixer darrere seu. Aparentava uns seixanta o seixanta-cinc anys.

–Deixi-ho, Lena –va ordenar a la noia.

La cambrera es va retirar. O més aviat va ser com si s'evaporés. Ni tan sols vaig veure per on.

–Perdoni...

Vaig saber que era el pare del Nicky Harvey. Només ho vaig saber.

–Em dic Jon Boix i sóc de Barcelona. M'agradaria parlar amb vostè, si fos tan amable. Ara o més tard, tant se val.

Li vaig donar la meva targeta.

No crec que sabés què era *Zones Interiors*, però tampoc no calia.

–Amb quin objectiu?

–Estic fent un reportatge sobre la Vània, la model que...

La resta va anar molt ràpid, molt.

Primer, el crit:

–Deixeu-nos en pau!

Després, el cop de porta.

Fort, sec, contundent. Si arribo a tenir el nas a dins, me l'aixafa.

Finalment, l'advertència:

–Si no desapareix abans d'un segon, truco a la policia.

No m'ho va haver de dir dues vegades.

Vaig fer mitja volta, vaig agafar el cotxe, i ja no vaig parar fins a la terminal de l'aeroport internacional de San Francisco. Vaig tornar el cotxe de lloguer a les oficines de l'agència de l'aeroport i al cap de tres hores pujava a un avió directe a Londres –només quedava primera classe–, amb l'únic dubte sobre l'enllaç d'Iberia amb Barcelona, encara pendent i a la llista d'espera, que només podria confirmar quan arribés a la capital de l'imperi Britànic, o el que en quedés després dels Beatles.

24

Quan vaig obrir la porta de la meva petita gàbia de grills havia perdut la noció del temps. Només sabia que estava molt cansat i mig adormit. Encara portava el rellotge amb l'hora de la costa oest americana. La segona cosa que vaig veure quan vaig entrar al pis va ser que els dígits del meu radiodespertador marcaven un quart de dues de la matinada.

I dic «la segona cosa» perquè la primera va ser la bossa de la Sofia a l'entrada.

Ella era al llit, i dormia com un tronc. Encara que hagués encès el llum o hagués apujat al màxim l'equip de música i hi hagués cantat al damunt, segurament no s'hauria despertat. La vaig mirar un moment en la foscor i em va fer somriure i tot. Després li vaig passar una mà pel front per apartar-li un floc de cabells. La seva cara revestida de pau encara era més de porcellana, i estava molt bonica. Relaxadament bonica.

Vaig sospirar, vaig deixar la bossa de viatge en un racó, em vaig despullar i em vaig estirar al llit, a l'altra banda. Ella dormia molt arraulida en un extrem.

Crec que no vaig ni tenir temps de tancar els ulls.

Quan em vaig despertar, a les deu del matí, la Sofia continuava dormint.

Em vaig llevar, tot i que m'hauria encantat tornar-m'hi a tombar dues o tres hores més, i em vaig ficar al bany. Vaig estar-me uns quinze minuts sota la dutxa, amb els ulls tancats, sentint com l'aigua em lliscava pel cos. Després em vaig assecar i afaitar. Sort que portava una tovallola a la cintura. Quan vaig obrir la porta, la primera cosa que vaig veure va ser la Sofia.

Ja havia obert les persianes, però anava tal com s'havia ficat al llit, amb una llarga samarreta XL que li arribava fins a la meitat de les cuixes. Moltes dones diuen: «Si em veiessis a primera hora del matí, canviaries l'opinió que tens de mi.» Però la meva no va canviar. Amb els cabells despentinats i sense arreglar, estava molt millor que maquillada, més natural. El color vermell de la samarreta l'afavoria.

Ens vam quedar mirant uns quants segons.

–Mira, ho sento, però és que la meva companya de pis i el seu maleït xicot... –va voler justificar la seva presència a casa meva.

–No importa –vaig impedir que acabés la frase–. Si no, no t'hauria dit on eren les claus.

–Ets massa confiat. No et fa por que et buidin tot això?

Esclar que m'importava, però no en el sentit a què ella es referia. Vaig arronsar les espatlles.

–No m'agrada viure ni atemorit ni en una campana de vidre.

La Sofia semblava tranquil·la, relaxada, com si hagués dormit bé o se sentís millor que l'última vegada que havia estat a casa meva.

–Tu no estàs molt aferrat a les coses materials, oi?

–No gaire –vaig reconèixer.

Se'm va acostar. Es va parar a un metre d'on era jo, va encreuar els braços i se'm va quedar mirant fixament, amb una ombra lleu de tendresa i enveja als ulls.

–Ets lliure, vols viure, viatjar, fer el que t'agrada...

–Sí.

No li vaig dir que s'oblidava d'una cosa molt important: estimar. Tot té un preu, i el meu era passar molt temps sol.

–Bé –va sospirar–, suposo que tothom vol alguna cosa.

S'anava a apartar, per ficar-se a la dutxa o fer qualsevol altra cosa, però la vaig aturar agafant-li suaument un braç.

–La diferència és que jo ho tinc més fàcil –vaig dir–. Tu busques l'èxit, i et fa ràbia no aconseguir-lo, veure com els diners i la fama van a parar a altres persones. Et sents maltractada. Ets bonica i creus que no et serveix per a res més que per torturar-te.

–Ja està bé, no? –Va fer cara de mal de panxa.

Però no va passar de mi.

Em va continuar observant amb aquella mirada dura i alhora carregada de tendresa. Com una pistola d'aspecte fred amb bales de calor a l'interior.

–Tot és una merda, Jon –va exhalar.

–No és veritat.

–Ets una persona positiva, d'acord.

–No és tan senzill.

–Només cal que miris la tele. Al telenotícies t'expliquen les desgràcies del dia, els morts, les guerres. Després fan un programa de «gent guapa». Jo vull estar en aquest segon, no en el primer.

Es va començar a desmuntar.

–Tothom està algun cop en alguna de les dues bandes.

–Estic espantada –va reconèixer.

La vaig abraçar. No va ser un gest individual –jo intentant reconfortar-la i ella buscant protecció en mi– sinó conjunt. Va recolzar el cap entre el meu coll i el meu pit, i amb un braç li vaig acariciar l'esquena mentre amb l'altra mà pujava fins a la nuca.

En aquella posició, com si la seva veu fluís del meu pit, vaig sentir que deia:

–Si tingués una feina... No renunciaria als meus somnis, però almenys em podria prendre les coses amb més calma, trobar-hi un sentit.

La vaig apartar de mi, a poc a poc.

–Ho dius de debò?

–Sí, per què? –No va entendre la meva reacció.

–El dia que ens vam conèixer em vas dir que si no poguessis continuar com a model i haguessis de treballar, com a mínim t'agradaria treballar en alguna cosa que t'agradés. Almenys això.

–Esclar.

–Vols treballar?

–Sí. Bé, no m'agradaria rentar plats en un restaurant, ja ho saps, però...

La vaig fer seure al llit. Després vaig agafar el telèfon i vaig marcar el número de la revista. Em va estranyar no sentir la veu de l'Elsa a l'altra banda. Vaig suposar que era la seva estona lliure per a l'esmorzar o que devia estar resolent alguna obligació peremptòria. La Carmen, la suplent en aquests casos, em va posar immediatament amb la mare.

La Sofia em mirava amb les celles arrufades.

–Jonatan! Com t'ha anat?

–Després t'ho explico tot, mare. Ara tinc una mica de pressa.

–Però on ets?

–Aquí a Barcelona, a casa. Vaig arribar ahir a la nit, però ja era massa tard per trucar-te.

–I a què treu cap tanta pressa?

–La Laura se'n va a final de mes tal com em vas dir?

–Sí, aquesta és de les que es casen de debò i pengen els hàbits.

–Ja tens algú?

–Anava a posar un anunci al diari.

–Espera –vaig tapar l'auricular amb la mà i em vaig dirigir a la Sofia–: Et va bé un lloc al departament de publicitat de *Zones Interiors*?

Va fer uns ulls com unes taronges.

–Què?

–Sí o no.

–Què he de fer?

–És un equip de tres persones. Aconsegueixen publicitat, campanyes, tracten amb agències, van a veure clients. S'ha de saber vendre un producte, res més. I aquest producte és *Zones Interiors*. Se'ls ha de convèncer que amb nosaltres s'anunciaran millor, perquè som la millor revista del món. És el mateix que quan et fotografien amb una colònia a les mans i et fan servir perquè la gent es pensi que si se la posen seran com tu.

–Ho dius de debò?

–I tant –vaig moure l'auricular per demostrar-li-ho–. I no et preocupis per l'experiència. N'aprendràs. És una feina, però també una oportunitat: entraràs en aquest món, coneixeràs persones vinculades amb la publicitat. Si t'ho prens amb calma...

–Déu meu! Ets un samarità –va sospirar apuntant un somriure.

–Sí o no?

La Sofia va fer una cosa estranya, o no tant, i llavors vaig entendre la intensitat de la seva mirada. Va passejar els ulls per tot el pis, els va dipositar a la meva bossa de viatge, a les càmeres que tenia a la taula, a l'ordinador... i, a mesura que feia aquest llarg trajecte, se li anaven humitejant.

–Sona bé, oi? –va considerar.

–No és avorrit, és divertit, provoca estrès... En definitiva, no és rentar plats.

Crec que jo estava més nerviós que ella.

–Sí –va acabar xiuxiuejant, ja amb un somriure ample a la cara.

Vaig tornar a parlar amb la mare.

–Mare? No busquis més. Ja tinc la persona. Demà passarà per aquí.

–Escolta, espera, espera. On ets? Amb qui parles?

–No confies en mi?

–Oh, esclar que sí –va dir descaradament en to burleta–. Almenys digue'm una cosa: és guapa?

–Massa. I també llesta.

–Això ho dono per sobreentès, però que sigui guapa és essencial, Jonatan. Mira, les feministes que em llancin als lleons, però una publicista lletja no ven, i tu ho saps molt bé. I no vivim de l'aire. Ja sé que és cruel, però...

–Ha fet de model.

–Ah! –Va ser com si li donés totes les garanties possibles.

–Després et passo a veure i t'explico el viatge, d'acord?

–Digue'm només si has trobat la Vània o...

–Tinc una pista.

–Ah sí? –La vaig deixar amb la boca oberta.

–Fins després.

Vaig penjar i em vaig enfrontar amb la cara encara desconcertada de la Sofia.

–Què és el que se suposa que sóc, a més de llesta?

–Guapa.

–T'ha preguntat si...?

–Sí.

Em vaig asseure al seu costat i li vaig agafar la mà. La tenia molt freda. Es va acabar de girar per abraçar-me amb l'altre braç. Em va fer un petó a la comissura dels llavis. Un petó càlid, no eròtic. Amb la mà em va acariciar la galta.

–Gràcies –va dir-me fluixet.

Ningú no l'havia tractat gaire bé. Ho sabia.

O potser tot al contrari: massa bé..., però per egoisme i altres interessos.

–Això sí, t'hauràs de buscar un lloc per dormir, d'acord? –vaig bromejar.

–Tranquil –ella també va bromejar–: o mato el xicot de la meva companya o establim unes normes.

–D'aquí a tres mesos i amb un bon sou fix podràs viure sola.

No ens vam moure. Els segons van començar a engolir-nos a poc a poc. Vaig notar que estàvem bé, que ens sentíem a gust. La sorpresa inicial, després de coneixe'ns, cedia, i s'anava convertint en calma. Era el moment de pensar de debò a ser amics, veure'ns, potser sortir, seguir...

Qui va dir «M'encanta el futur perquè hi he de viure»?

–Jon.

–Què?

–Ho deies de debò, que tens una pista?

–Sobre la Vània?

–Sí.

La tenia des de feia dies, des de la tarda que vaig ser a l'habitació de la Barbara Hunt, però l'havia acabat de veure clara justament llavors, amb la Sofia al meu costat, sola, sense ningú, desprotegida.

Com diu la cançó, «Tothom necessita algú».

25

La Lluïsa Cadafalch va repetir la seva expressió de mala gana quan em va veure plantat a la porta de casa seva, esperant-la. Vaig fer el que se suposa que ha de fer un jove educat en aquestes circumstàncies: ajudar-la i agafar-li les dues bosses pesants de la compra que portava.

–Si em permet.

El meu gest no la va commoure en absolut, però va deixar que les hi agafés.

–Què hi fa, aquí?

–He de parlar amb vostè.

–L'altra vegada ja li vaig explicar tot el que sabia.

–Tinc una pista.

Ja havia obert la bossa per buscar les claus de la porta de l'edifici. Les meves paraules van frenar el seu gest i es va quedar amb les claus a la mà. Em va mirar com si fos un venedor d'assegurances disposat a col·locar-n'hi una.

–Una pista, de què?

–D'on para la seva neboda –em vaig arriscar a manifestar en veu alta.

–On és?

–Encara no l'hi puc dir. Abans he de confirmar algunes coses.

–No el crec, senyor...

–Boix. Jon Boix –li vaig recordar–. I li juro que no m'ho invento perquè em deixi veure les coses de la Vània... de la Vanessa.

–Què és exactament el que vol veure?

–Vostè em va dir que un dia li van telefonar perquè, com a única familiar legal de la Vanessa, anés a recollir les coses que ella tenia al pis de Barcelona. I em va dir que havia conservat un parell de capses amb fotografies de la família.

Continuàvem a la porta del carrer, ella amb les claus a la mà i jo amb les dues bosses de la compra, que Déu n'hi do el que pesaven.

–Vostè no té cap pista, senyor Boix. Vostè només vol veure aquestes capses per remoure entre la porqueria. La meva neboda és morta. No sé per què no s'ha sabut, ni com la van enterrar ni què va passar, però és morta. Ja l'hi vaig dir. Deu anys és molt de temps.

Vaig imaginar-me la Vània vivint amb la seva tia. La parella impossible.

No, era lògic. Si vivia, era lògic.

–Em pensava que vostè volia saber la veritat.

–I esclar que la vull saber! –quasi va cridar.

–Llavors sóc la seva única esperança. Si la meva pista és tan bona com la meva intuïció, només depèn d'un petit detall.

–Quin?

–Que localitzi la Noraima, la criada de la seva neboda.

–Ella?

Anava a deixar les dues bosses a terra, perquè els braços se'm començaven a fer llargs, però no va caldre. Durant els últims cinc segons hi va haver silenci. La Lluïsa Cadafalch m'observava fixament, calibrava el valor, el sentit i l'honestedat de les meves paraules. Vaig fer la meva millor cara de bon noi. Però em sembla que no la va convèncer això, sinó la lògica.

Va introduir la clau al pany, va obrir la porta, va permetre que jo passés amb la càrrega i vam pujar amb l'ascensor fins a la seva planta. En silenci. Jo ja tenia les mans blanques. Em vaig sentir alleugerit quan, un cop al rebedor del pis, em va fer deixar les dues bosses a terra. No li vaig preguntar on era la cuina ni ella m'ho va dir. Ja lluny d'orelles estranyes i mirades alienes, va trencar aquell silenci inusitat.

–Si escriu alguna cosa que no em sembla bé, el demandaré –em va amenaçar.

–Ja li vaig dir que jo l'adorava, senyora. Que vull parlar de la seva part humana, de la persona que hi havia en ella, amagada darrere tota la resta. Si ha mort, vull posar les coses al seu lloc i ajudar les futures Vànies que sorgeixin. Si viu, vull saber què va passar i escriure una història de debò. *Zones Interiors* no és premsa groga. Ho ha de saber.

–Vaig mirar el contingut d'aquelles capses –va tornar al seu escepticisme–, i no hi havia res de res: només fotos, cartes, records personals. Per això no les vaig llençar. Però res més.

Ja érem a la sala.

–Només necessito saber una cosa més d'aquella dona.

–Com ha dit que es deia?

–Noraima.

–Ni tan sols recordo aquest nom. Aquí no el trobarà pas. Però si només era la seva criada!

Calia que li digués que era la millor i única amiga de la Vània, i sobretot després de la mort de la Cyrille i de la Jess? Calia que li digués que on ella no havia arribat mai, tot i ser la seva tia carnal, hi havien arribat, en canvi, el cor i la tendresa d'una dona d'Aruba anomenada Noraima? Calia que li recordés que era una dona solitària i amargada, potser marcada per la bellesa de la seva germana petita, o per la seva relliscada, per haver quedat embarassada d'un home casat, o tanmateix gelosa de la seva maternitat, o que en certa manera menyspreava la Vània pel fet de ser... una bastarda? Calia que li digués tot això?

No. La necessitava.

Era el meu únic enllaç cap a la pista.

Cap a aquelles dues capses que, de tota manera, potser no m'aportarien res de nou.

–Au, va, senyora Cadafalch. Ajudi'm, i ajudi's també vostè mateixa. No li farà cap mal saber la veritat, sortir de dubte. I si m'equivoco...

–No s'endurà res d'aquí –em va advertir.

–No.

–No m'ho demani. No hi insisteixi. I si m'ho roba...

–No he aconseguit mai una informació amb aquests mètodes.

Ja no tenia més arguments.

–Vingui –em va ordenar.

La vaig seguir. Va avançar pel passadís fins a la segona porta a l'esquerra. La va obrir, va encendre el llum i es va quedar al mig de la sala. Era una habitació diminuta, amb una taula rodona al fons, d'aquelles antigues amb un braser a sota, i un parell de butaquetes al voltant, a més d'una cadira. A la paret del fons, sobre la taula, vaig veure una finestra amb la persiana abaixada. A la paret de la dreta hi havia una biblioteca amb llibres que sobreeixien

per totes bandes. A la paret de l'esquerra, un armari. Me'l va assenyalar.

–Allà dalt –va dir–. Jo no hi arribo.

Jo sí. Vaig obrir les dues portes de la part superior de l'armari i vaig veure les capses. Dues simples capses de cartó, força grosses. Vaig allargar els braços i vaig agafar la primera. Pesava bastant. La vaig baixar amb compte i la vaig deixar al damunt de la taula. Vaig repetir l'operació amb la segona. Estaven tancades, però només calia aixecar les quatre solapes doblegades sobre elles mateixes. Un cop les dues capses van ser sobre la taula, vaig mirar la Lluïsa Cadafalch. Vaig témer que se'm quedés al costat, desconfiada, vigilant-me com un voltor.

Però finalment va sospirar donant la batalla per perduda, i vaig notar que es rendia de forma absoluta.

–Si vol alguna cosa, cridi'm.

–Gràcies.

No va dir res més. Es va limitar a sortir de l'habitació, tot i que va deixar la porta oberta. Em vaig quedar sol amb el meu tresor.

Em punxaven els dits, i la raó, però no em vaig precipitar. Primer vaig obrir una capsa i vaig buidar-ne el contingut al damunt de la taula. Després, de manera sistemàtica, vaig procedir a inspeccionar-ho tot i a tornar-ho a dipositar al fons de la capsa un cop examinat, en perfecte ordre. La Lluïsa Cadafalch tenia raó: en principi, el contingut de les capses l'integraven sobretot una pila de fotografies de la Vània abans i durant la seva etapa com a model famosa; però eren fotografies personals i familiars, no de feina. Fotografies amb amigues i amics adolescents, un parell amb el Tomàs Fernández, mitja dotzena amb el Nando Iturralde, cap amb la seva mare o amb la seva tia, que pel fet de ser més íntimes no havien de ser allí. També hi havia records típics dels que podria tenir qualsevol: alguns sotagots de llocs diversos, entrades de cinema i de teatre, i objectes variats com ara unes ulleres de sol, un vell rellotge parat en unes pretèrites set i vint-i-nou minuts, dues figuretes de porcellana, uns anells barats, una capseta amb clauers...

La segona capsa va resultar més interessant. I decisiva.

Les postals i les cartes eren allí. No n'hi havia gaires, però eren suficients. Algunes de les postals provenien de llocs més o menys clàssics, i altres de llocs gens habituals. El més curiós –i al principi ni hi vaig caure– és que totes estaven escrites per la mateixa mà. Quan m'hi vaig fixar, em vaig adonar que totes les enviava la mateixa Vània.

S'enviava postals a ella mateixa?

No sé si em va semblar més curiós que trist, o més trist que demolidor. Per què s'escrivia a ella mateixa?

Se'm van ocórrer dues úniques raons: que col·leccionés postals i així li arribaven després de la seva estada en aquells indrets, usades i per mitjà del correu, o... que ningú no li enviés mai ni una sola postal i que a ella li agradés rebre'n, com a qualsevol mortal.

Si realment es tractava d'això, el fet denotava una soledat absoluta.

Em vaig estremir.

Vaig examinar totes les postals per estar-ne segur.

Només n'hi havia dues amb una lletra diferent. I totes dues procedien d'Aruba.

No hi havia les dates, i les dels mata-segells, per mala sort, eren il·legibles. Una de les postals deia: «Ja falta poc. Un petó.» I l'altra: «Tot va bé, ho resoldrem abans del que prevèiem. Fins aviat.» Les signava la Noraima.

Vaig mirar les cartes.

Em va tremolar la mà, mig excitada, mig feliç, quan finalment en vaig trobar una amb segells d'Aruba. Però em vaig desanimar quan vaig veure que al remitent només hi havia el nom: «Noraima Briezen».

Cap adreça.

Sols una dada més per afegir al poc que sabia: un cognom.

En una petita illa del Carib, de menys de cent mil habitants, potser era suficient.

Em vaig sentir una mica incòmode i estrany quan vaig treure la carta de l'interior del sobre. La lletra era molt correcta, i amb un castellà corrent. La data es corresponia amb l'època en què la Vània havia estat casada amb el

Robert Ashcroft. Però en llegir la carta vaig saber que era just el moment de la separació i del divorci. En un dels paràgrafs, la Noraima li deia:

«La casa ha quedat molt bonica, preciosa. La façana, pintada de groc, i el sostre, amb les teules vermelles, donen color al jardí, als arbres i als parterres de flors. També he acabat de posar la tanca, blanca i molt bufona. T'agradarà. Des de la teva habitació es veu la platja, i el far, a la dreta, tan a prop que sembla que el puguis tocar amb la mà. Ara és més que mai una casa de debò, tranquil·la i familiar. Recorda, nina, que és tant teva com meva, perquè tot el que tinc en aquest món ets tu, i aquests dies torno a saber que tot el que tu tens és l'amor de la Jess, la Cyrille i el meu. Tingues forces, amor. Sisplau, digue'm si vindràs a passar-hi uns quants dies per descansar i recuperar-te del tràngol o si, en canvi, prefereixes posar-te a treballar de seguida per oblidar com més aviat millor l'experiència. Si és així, saps que em tens sempre al teu costat. No ho dubtis. Per a mi, ets més que una filla. Només cal que em truquis i seré amb tu de seguida. Si, tal com em comentaves, vols viure entre Barcelona i París, estic disposada a venir de nou. La nostra casa d'Aruba no se l'emportarà ningú, oi? Sempre serà aquí. Tinc moltes ganes de veure't i d'abraçar-te. Aquests tres mesos han estat difícils...»

Signava novament «Noraima», després de fer-li «molts petons».

No era gaire per trobar una casa a Aruba, però no creia que hi hagués gaires Briezen a l'illa.

Era la pista que buscava.

Vaig guardar tota la resta, sense llegir les altres cartes. Llavors em vaig adonar que feia una hora que estava assegut mirant el contingut d'aquelles capses, tot sol en aquella habitació de la Lluïsa Cadafalch, sense que ella m'hagués interromput per res.

26

La meva mare era molt casolana i poc amant de sortir. M'ho va demostrar quan va despenjar el telèfon abans que acabés de sonar el primer ring.

–Hola, sóc jo.

–Què tal?

–Perdona que no hagi vingut com t'he dit al matí, però és que no he pogut. He tingut un dia molt complicat; laboralment parlant, esclar.

–No m'ho puc creure. Amb la teva recomanada del matí?

–No. I per cert: tracta-la bé.

–Com a propietària de *Zones Interiors* o com a sogra?

Decididament estava irònica. M'encantava que fos així, però a vegades...

–Què fas? –vaig canviar de tema.

–Llegeixo –va dir estirant-se, cosa que es va fer evident fins i tot per telèfon–. Ara ja no he de fer sopars ni canviar bolquers, com fa dos o tres anys.

–Deu ser per la quantitat de sopars que em preparaves...

–Vols que te'ls recordi?

–No, no –la vaig tranquil·litzar quan vaig veure que es posava a l'atac–. Què llegeixes?

–Un «tractat de supervivència femenina».

–Au, vinga.

–De debò. És un best-seller. Un dels capítols diu què has de fer quan el teu propi fill et truca a les onze de la nit.

–Són tres quarts i cinc de dotze.

–D'acord. Què vols?

–Et truco per dir-te que demà tampoc no vindré a la redacció –odiava la paraula *oficina*.

–Per què?

–Me'n vaig a Aruba.

–Que te'n vas a on?

–A Aruba. El Carib. M'he passat mitja tarda a l'agència, fins passada l'hora de tancar, però al final m'han trobat un bitllet... Què et sembla? Amb escala a Madrid, evidentment.

–I què se t'hi ha perdut, al Carib?

–La Noraima Briezen.

–Jonatan... –va gemegar–. Estic massa cansada per jugar.

–La Noraima Briezen era la criada, l'assistenta, la secretària, l'amiga personal, la guardaespatlles i tota la resta de la Vània. Recordes que ja te'n vaig parlar?

–Viu a Aruba?

–Sí.

–I què et fa pensar que ella...?

–La lletra petita. M'ha aparegut pertot arreu. La tia de la Vània la va deixar com un drap brut, traient-li mèrit perquè segons ella es tractava d'una «intrusa». Però el motiu era obvi: la Vània estimava aquesta dona; li feia de mare, i de mare...

–De mare només n'hi ha una, i jo a tu et vaig trobar pel carrer, ja ho sé –va sospirar la meva.

–També me'n va parlar el Robert Ashcroft, igualment amb poca simpatia; l'acusava de ser una sergenta i de monopolitzar la seva ex. I fins i tot una noia de divuit anys, la Barbara Hunt, la recordava com algú important, no tan sols en la vida de la Vània, sinó també en la de la seva germana Jess i en la de la Cyrille. O sigui que són massa coincidències. Aquesta dona va estar sempre allí, a l'ombra. Tinc una fotografia de la Vània sortint dels jutjats de París quan hi va haver el judici del Nicky Harvey que parla per si sola. La Noraima Briezen és la lletra petita d'aquesta història.

–Creus que ella pot saber on és la Vània?

–Sí.

–Doncs llavors, endavant, per descomptat.

–Hauria pogut passar demà per la redacció i anar-me'n d'aquí a un parell de dies, però...

–Ja ho sé, ja ho sé –em va confirmar ella–. A mi no cal que m'expliquis què és el cuc.

–Doncs, això.

–No et deus haver obsessionat massa amb aquest reportatge, oi?

–No –vaig respondre allargant la *o*.

–Quant temps fa que no dorms vuit hores seguides? Vas arribar ahir dels Estats Units i ara vols tornar a travessar la bassa.

–Avui he dormit més de vuit hores, i la setmana passada, als *United States*, també em vaig portar com Déu mana. Que potser et penses que sóc un reporter cràpula que a costa de l'empresa s'ho munta de puta mare, mare?

–Au, no t'enrotllis. Espero que l'encertis.

–Reserva'm la pròxima portada.

–Ara hi corro.

–Si no ho treus en portada, me'n vaig a la competència.

–No tenim competència, ja ho saps.

Això era veritat. De revistes del cor, n'hi havia moltes, i de política, i de cuina, i d'informàtica, i de... Però com *Zones Interiors*, cap.

–Encara no he confirmat el bitllet de tornada. Potser m'hi quedaré un parell de dies escrivint el reportatge.

–Quina barra!

–A càrrec meu, esclar.

–Jonatan!

Li anava a demanar que tractés bé la Sofia, però vaig témer que tornés a fer broma. De fet, tampoc no calia. D'una banda, la Sofia era la persona perfecta, encaixava en aquell lloc, i amb la seva barra era capaç d'esgarrapar publicitat fins i tot a les monges de clausura. D'altra banda, sabia que a la mare li agradaria. Amb reserves de capità manaia, però li agradaria. Tenia bon olfacte per a les persones. I jo era el seu fill.

–T'enviaré una postal –em vaig acomiadar.

–Que no sigui d'una posta de sol!

–Un petó, *mother*.

–Adéu, Jonatan.

Em vaig posar un vídeo de Bruce Springsteen i em vaig quedar adormit escoltant «Secret garden».

27

Aruba és a uns trenta-dos quilòmetres de la costa veneçolana, i tret de les platges de l'oest, amb sorra blanca i palmeres, no sembla una illa caribenya. Deu seu perquè es troba molt lluny del Carib més conegut: Cuba, Santo Domingo, Puerto Rico, les Bahames i tota la resta. Des de l'aire, sembla una destral prehistòrica. Roques, cactus i coves formen la seva orografia, amb un nord inhòspit i un sud habitat. La «muntanya més alta» fa cent vuitanta-vuit metres. Oranjestad n'és la capital, i San Nicolás el segon poble més important. Però la vida gira al voltant de Palm Beach, la platja estrella.

Quan vaig aterrar a l'aeroport internacional Reina Beatrix, ja sabia el mínim necessari sobre aquell paradís –en tots els aspectes, també el fiscal–. Sabia, per exemple, que el ball típic és el *limbo* i que parlen el papiament, una barreja d'espanyol, neerlandès, anglès i portuguès, tot i que la llengua oficial és el neerlandès. Aruba va tenir sempre arrels hispanes, per proximitat costanera, i holandeses, perquè va pertànyer a Holanda fins a la independència del país, el 1996. Avui a l'illa només hi ha turisme, ianqui per excel·lència –famílies negres de Chicago, de l'est mitjà i del sud dels Estats Units– i europeu com a complement. En el meu vol crec que era l'única perla solitària, tret d'alguns evasors d'impostos i algun mafioset, que se'ls veia d'una hora lluny. El noranta-cinc per cent dels passatgers eren parelles que s'acabaven de casar. Era primavera. No havia volat mai en un avió amb tanta bava per terra, tantes mirades encantades i tants xuic-xuics, que en els còmics és l'onomatopeia del petó babau. Em va tocar seure al costat d'una d'aquestes parelles. Ni es van adonar que jo existia fins que els vaig dir que havia de passar per anar al lavabo. Només llavors van parar esment que hi havia algú al seient de la finestra.

Però la gran sorpresa la vaig tenir quan el microbús de servei que ens va recollir a l'aeroport ens va portar a Oranjestad. Com podria definir tot allò? Pastís de maduixa? Color *made in* colonialisme caribeny? L'impressionant Royal Plaza Mall, per exemple, té la cúpula daurada, i l'edifici que l'envolta està pintat de rosa rosa, amb balustrades blanques, tendals blaus i molta «alegria» visual. Una cosa com aquella, que a Marbella en diríem «una horterada», allà no sols et feia somriure sinó que al final t'acabava agradant i tot. Ho vaig entendre. La resta era semblant. Neteja, bons cotxes tot i que poca illa per fer-los anar, i casinos pertot arreu. Molts casinos perquè el turisme amb diners –no el que anava de lluna de mel amb cara de bleda– es pogués divertir una estona perdent-ne uns quants milers. Al port hi havia un parell de iots al·lucinants, com dos gratacels abatuts damunt l'aigua. Feia impressió. El guia del microbús ens va dir que un era d'«un famós actor francès», i l'altre, de l'amo de la multinacional Toyota. Es deixaven caure per allà de tant en tant.

Jo també ho hauria fet.

Mitja hora després d'haver arribat, mentre la gent sortia en manada per passejar o fer el primer bany, jo continuava a la meva habitació de l'hotel, el Sonesta, que no està precisament a Palm Beach, sinó en ple centre d'Oranjestad. El detall diferencial és que té una illa pròpia, a la qual s'arriba amb canoa des del mateix cor de l'hotel, al costat de la recepció. M'hauria agradat anar a Sonesta Island, però, d'una banda, després de les sis ja era tancada, i de l'altra, tenia massa curiositat per posar-me a buscar la Noraima tot i que començava a fosquejar.

Segons la guia telefònica d'Aruba, hi havia dinou Briezen. No eren gaires, però tampoc no eren els dos o tres que jo esperava. Si llogava un cotxe i els anava a veure un per un, tardaria dos o tres dies, potser quatre. L'altra opció, trucar-los per telèfon, era més plausible; però si preguntava per la Noraima i penjava quan em deien que sí... tenia por d'alarmar-los, tot i que no estava gaire segur de què. Vaig intentar esbrinar si el segon nom que sortia després de Briezen era precisament això, un nom, o més aviat un cognom. No vaig arribar a cap conclusió. Semblaven noms, Alexander, Benedicto, Casimiro, Dominico, Edison, Erwin, Esteban..., però en alguns casos, al darrere hi havia una inicial. No hi havia cap Noraima, ni tampoc cap d'aquestes inicials era una *N*.

Vaig mirar el mapa de l'illa. Hi havia dos fars. Un al sud-est, prop d'un poble que es deia Seroe Colorado i batejat amb el mateix nom del poble, i un altre a l'extrem nord-oest, que es deia Califòrnia. A la dreta d'aquest últim no hi havia res. A l'esquerra vaig veure-hi un petit grup de cases, poble o el que fos, anomenat Malmok. Després de Malmok, la carretera baixava directament cap a Palm Beach. Segons la carta de la Noraima, «el far quasi es podia tocar amb la mà», de manera que...

També deia que des de l'habitació es podia veure la platja.

Prop del far de Seroe Colorado hi havia dues platges, una al nord i l'altra al sud. Prop del far de Califòrnia, una; és a dir, una platja que al mateix temps era el començament de Palm Beach, la zona turística.

Com que no em podia posar a buscar la casa de nit, vaig decidir no precipitar-me ni posar-me nerviós. Vaig baixar a la recepció, vaig demanar una guia de carrers de l'illa i vaig tornar cap a dalt. La mitja hora següent me la vaig passar localitzant els dinou Briezen. A Seroe Colorado n'hi havia ni més ni menys que cinc, però només un a l'extrem proper al far. A Malmok n'hi havia un altre.

Vaig marcar el número del primer.

S'hi va posar una veu d'home.

–Hi és la Noraima? –vaig preguntar amb cautela.

Em va contestar en papiament, perquè no vaig entendre res, tret que allà no hi havia cap Noraima.

Vaig trucar al segon número, el de Malmok.

No van contestar.

Vaig decidir passar de trucar als altres quatre de Seroe Colorado, i vaig baixar a sopar al restaurant de l'hotel. De dia i amb cotxe faria una inspecció visual pel lloc. Després de sopar vaig passejar per Oranjestad, vaig entrar en un casino només per veure l'ambient, un cop vist me'n vaig anar ràpidament, i em vaig ficar al llit aviat.

Vaig dormir com els àngels.

L'endemà també em vaig llevar d'hora. Res de trucar per telèfon. Vaig esmorzar i vaig sortir disposat a buscar la casa pintada de groc, amb teules vermelles, tanca blanca i jardí amb arbres i flors. Vaig agafar la carretera que baixa cap al sud-est, i en menys de vint minuts em vaig plantar a San Nicolás. Després em vaig perdre. Entre San Nicolás i Seroe Colorado hi ha una immensa petroliera que cal rodejar. Quan finalment vaig arribar a Seroe Colorado vaig veure el far, però no a prop, encara era lluny. A més, les cases eren humils i poc vistoses. Res de pintures grogues i teules vermelles, tanques blanques i jardins.

Vaig estar una hora per localitzar els quatre Briezen del poble i, per si de cas, també vaig visitar el cinquè, el que havia telefonat la nit abans. El resultat va ser negatiu.

A mig matí vaig recórrer l'illa en sentit invers però pel centre, per no haver de travessar Oranjestad. Feia una calor espantosa, pur Carib, i molt vent. Vaig creuar Santa Cruz, Tanki Flip i Noord. El far de Califòrnia era molt més bonic i vistós que el seu cosí germà del sud, blanc, rodó, amb quatre finestres verticals a cada un dels «costats» i una base octogonal. També a Malmok les cases eren molt més riques i senyorials, construccions de fusta pintades de colors alegres. Allà hi havia classe, hi havia diners. No em va estranyar. Si les millors platges, els grans hotels i els restaurants de luxe eren a prop...

El cor em va començar a bategar més fort.

I al cap de deu minuts va fer un bot.

El Briezen de Malmok era la Noraima Briezen, però a la guia sortia com a «Briezen, Hermenegildo».

La casa.

Façana groga, teules vermelles, tanca blanca, arbres, parterres de flors. Una casa cuidada, alegre i feliç.

Dotze anys després d'aquella carta, res no havia canviat.

Vaig mirar el far. Vaig mirar la platja.

I abans que arribés a la porta per trucar, la porta es va obrir i va aparèixer ella.

La dona negra que havia estat part fonamental en la vida artística i personal de la Vània.

La Noraima.

28

M'havia vist que mirava la casa i que després creuava la tanca del jardí. Va esperar que jo arribés a la porta. Mentrestant, per dins em preguntava què li diria. La Noraima Briezen devia tenir poc més de cinquanta anys, tot i que si ja em costa calcular l'edat d'una persona blanca, més encara la seva, que era negra. No mulata sinó negra. Encara s'assemblava a la Noraima d'aquella foto a París i a la Noraima de la foto de la casa de la Barbara Hunt. Tenia els cabells arrissats i lleugerament grisos, un cos robust, ferm, fort. Duia un conjunt senzill, faldilla llarga i camisa. Vaig intuir que tenia classe. El paper exercit al costat de la Vània podia ser indefinible, però el que era segur és que aquella dona no havia estat una simple criada.

–Bon dia –em va desitjar amb un somriure.

–Bon dia –li vaig correspondre.

Va mirar la meva targeta i la meva credencial. Si hagués estat blanca, hauria dit que es va posar blanca. No ho va fer, però li va canviar l'expressió de la cara i als ulls li va espurnejar una guspira de por barrejada amb un cansament sobtat que li va arribar fins a les espatlles. Tanmateix, va intentar mantenir-se forta i ferma.

–Què vol?

–Parlar de la Vània.

Va doblegar els llavis. No em va mirar amb odi, només amb resignació. Em va tornar el carnet de periodista i la meva targeta de la revista. Va continuar palplantada i immòbil a la porta de casa seva.

–Per què?

–I per què no? –vaig dir jo.

–Ha passat molt temps.

–Deu anys.

Va sospirar.

–Sí, suposo que tard o d'hora s'havia de...

–Li sap greu?

–Sí, me'n sap; però suposo que vostè no se n'anirà només perquè em sàpiga greu.

–No, esclar. I sempre és millor que m'ho expliqui a mi. No sóc un *paparazzi*.

–Ja.

–Puc passar?

Em va clavar una mirada final d'impotència.

–Sí, perdoni –es va rendir.

Es va apartar i em va franquejar el pas. Vaig entrar. La casa era agradable, molt agradable. No tenia luxes extrems, però... hi havia diners, i ben utilitzats. Alguns quadres valuosos, alguns mobles bons, alguns objectes de decoració exquisits. Vaig veure un passadís amb diverses portes i una, al fons, oberta. Donava a un taller o estudi amb objectes de pintura i teles. Va ser una imatge fugaç. No volia semblar curiós. Per si de cas, havia deixat les càmeres al cotxe. Un periodista «armat» sol infondre pànic. La gent es posa nerviosa.

–Vol seure? –em va oferir.

Em vaig asseure en una cadira i vaig esperar que ella també ho fes. El silenci resultava feixuc, molt dens. Vaig notar que en el seu cap començava una lluita ferotge. Per fora es revestia de calma. Per dins, la feres es desbocaven. La primera pregunta va provenir d'ella.

–Com m'ha trobat?

–Fotos, postals, cartes.

–No vaig posar mai aquesta adreça –em va confirmar.

–Però en una carta va descriure la casa, i també hi va posar el seu cognom.

–La casa encara està a nom del meu pare, que en pau descansi.

Hermenegildo Briezen.

–Vostè sempre va fer costat a la Vània –vaig esmentar–. Els qui la van conèixer ho sabien.

–Els ha vist tots?

–He estat amb el Tomàs Fernández, amb el Carles Sanromán, amb el Nando Iturralde, amb el Robert Ashcroft, amb la Lluïsa Cadafalch, amb el Frederick Dejonet, amb la Trisha Bonmarchais, amb la Barbara Hunt...

–No ha perdut el temps.

–Una mica, sí. Ningú no sap res de la Vània. Per a uns, és morta. Per als altres, simplement ha desaparegut.

És un misteri que aquests deu anys s'han encarregat de perpetuar i dotar de vida pròpia.

–Així doncs, vostè està treballant a consciència sobre el tema.

–La nostra revista és la més important de l'Estat espanyol, i molt seriosa –vaig deixar anar, per si de cas.

–És igual que sigui seriosa o groga. Vol el mateix que volen totes: remoure el passat i publicar una exclusiva sense tenir en compte que pugui fer mal a algú.

–A qui pot fer mal, la veritat?

No va respondre. Em va aguantar la mirada amb una mica més d'energia que abans. Vaig provar de recuperar la seva confiança. Fins i tot vaig intentar ser el Jon que la meva mare diu que sóc: aquell que desperta l'instint maternal de totes les dones.

–Noraima, vostè sempre va estar al seu costat –vaig dir suaument–. Va ser la persona més important de la seva vida, després de la seva mare.

–I de la Jess i de la Cyrille.

–Elles eren les seves amigues, les seves germanes. Vostè va ser més que això.

–Perquè sempre va estar sola. Moltes persones famoses, importants, cèlebres, artistes, ho estan.

–Viuen en el seu món, i són vulnerables.

–Sí –em va confirmar.

–L'estimava molt, oi?

–Molt és poc –va somriure amb dolçor–. Va ser com la filla que se'm va morir quan només tenia cinc anyets. Ja des del primer dia, entre nosaltres va sorgir una cosa que està per sobre de l'amistat. Sempre la vaig considerar la meva pròpia filla, de la mateixa manera que ella em va considerar la seva mare.

–Què va passar exactament?

–Vostè ja ho deu saber, si ha investigat tant...

–Sé que la Vània no va ser feliç, que el fracàs del seu matrimoni la va afectar força, que la seva extrema primor al final li va passar factura, i que les morts de la Cyrille i de la Jess la van enfonsar completament fins a portar-la al límit.

–Doncs no sap gran cosa.

–Potser m'ho pot explicar vostè.

–La Vània era especial –va deixar anar, després d'un llarg sospir durant el qual es va mirar les mans, cuidades i netes–. Especial en tot. Era una persona sensible, bona, encantadora, romàntica, emotiva. Un ésser humà ple de llum que va saber fascinar a tothom.

–Li agradava el que feia?

–Al començament, sí. Qui no vol l'èxit amb el que fa? Però la diferència entre ser model i ser *top model* és molt forta. Un abisme. Les *tops* es troben a l'ull de l'huracà, són notícia per elles mateixes, esdevenen personatges públics. Després la Vània va deixar de ser així, ja des d'abans de casar-se amb aquell home. No estava prima per necessitat estètica. Ho estava perquè amb prou feines menjava, i el cansament la demacrava. La professió de model l'omplia, però no li va donar el més important: l'orgull de sentir-se bé amb ella mateixa. De manera que tot li era igual. Era la Vània, la *top model*. La Vània, la

Wire-girl. La Vània, la companya de la Jess i de la Cyrille. La Vània, la Vània, la Vània. Va crear un petit mite fugaç, i un dia va reconèixer que l'únic que volia era tornar a ser la Vanessa. Però ja era massa tard. Els darrers mesos ja res no la satisfeia, ni tan sols ajudar els altres.

No vaig voler sentir l'expressió «els darrers mesos». Però sé que em vaig estremir, una fiblada de fred em va recórrer l'espinada. Vaig preferir continuar donant corda a la meva amfitriona.

–Com ajudava els altres?

–Es va fer sòcia de Metges Sense Fronteres, d'Ajuda en Acció, d'Aldees Infantils, d'Amnistia Internacional, de Geenpeace i d'una dotzena més d'organitzacions no governamentals. Va aportar molts diners per a tota mena de causes, però en silenci, sense voler destacar. No era d'aquestes que s'aprofiten d'això com a publicitat afegida. Res de fotos amb nens africans morts de gana o amb malalts a Calcuta. Ella va arribar a estar més prima que aquests nens.

–L'anorèxia.

–Sí –va concordar.

–Què va passar després del judici del Nicky Harvey?

–Després? S'oblida del durant? Va ser durant aquest judici que la Vània va dir prou i es va trencar del tot. La mort de la Cyrille la va impressionar moltíssim. Va ser un xoc. Li va fer veure com n'eren, de fràgils. Encara no s'havia recuperat que també va morir la Jess. La Vània es va trobar completament sola, i el que era pitjor: la mort de dues de les Noies de Filferro la deixava despullada i desemparada davant d'aquest món. Tota la pressió li va caure a sobre. Totes les mirades van convergir en ella. Aquelles setmanes va ser com quedar atrapat en plena tempesta i no poder-ne fugir. El judici va ser trist, molt trist. Les misèries van sortir a la superfície, les drogues... Tothom deia que les estimava, però a l'hora de la veritat, quan van caure o es van tornar vulnerables, els mateixos que deien que les estimaven tant les van enfonsar sense pietat. Esclar, com que eren guapes, famoses i ho tenien tot... doncs, a la caça! Fins que al final van pagar-ne el preu. Així de cruel. I a sobre, quan aquell pobre infeliç també va morir...

–El Nicky?

–Sí.

–Va ser un accident o un suïcidi?

–Un accident, esclar. El Nicky Harvey no era més que un nen malcriat. Ell no va matar el Jean Claude Pleyel.

–Doncs qui ho va fer? –vaig intentar aguantar la respiració.

–El pare de la Jess Hunt.

Ella va notar que m'acabava de clavar un mastegot.

–El pare de...?

–Senyor –em va mirar com a vegades em mira la mare quan una cosa és evident per a ella i no per a mi–, fixi-s'hi bé. Aquell home, el Palmer Hunt, era un d'aquests radicals religiosos. Un fanàtic. Jo crec en Déu, sap? Però no sóc una fanàtica. Ell sí, que ho era. Estava orgullós de l'èxit de la seva filla, però creia que aquell èxit i aquella fama l'apropaien a Déu, no al dimoni. Però va ser un ingenu, perquè la Jess es va escapar, com ho hauria fet qualsevol noia jove amb un pare com ell. La va perdre, la Jess se'n va anar a l'altre extrem, com la Cyrille, encara que la Cyrille ho va fer per altres causes.

–Sé que la Cyrille no podia sentir desig, plaer, que li van fer una ablació de clítoris.

–Bé –va assentir amb el cap–. Llavors ja ho sap –va recuperar el fil de les seves paraules i em va aclarir–: Però la Vània era diferent. –I va continuar amb la seva teoria sobre la mort del Nicky Harvey–: Quan va morir la Jess, el seu pare es va tornar boig. Absolutament boig. No sé com s'ho va fer per matar el Pleyel, ni com va aconseguir una coartada, si és que en tenia. Sap què és el més curiós del cas? Que ho sabíem totes: la Vània, jo... però la policia ni el va tocar. Cap sospita. Però va ser així, tal com l'hi dic. El Pleyel havia incitat la Jess i la Cyrille a entrar en el món de les drogues. Una va agafar la sida, l'altra va morir de sobredosi. El Palmer Hunt es va convertir en «l'espasa venjadora», «el flagell de Déu», o com en vulgui dir. Va matar el Pleyel. I la mort del Nicky el va alliberar que algú pensés, finalment, que aquell noi era massa estúpid per a tant.

–Però no es va alliberar d'ell mateix.

–Va morir de càncer –em va dir la Noraima–. El pes de la seva pròpia culpa el va lliurar al seu cos.

–Justícia divina?

–Digui'n com vulgui.

–De manera que ni vostè ni la Vània no van comunicar les seves sospites a la policia?

–La Vània ja no podia més. Estava enfonsada. Amb prou feines va arribar a la clínica on li van tractar l'anorèxia.

–En va sortir recuperada?

Em va dirigir una de les seves mirades capaces de travessar-me l'ànima.

–No, senyor periodista, no –va manifestar molt a poc a poc–. En va sortir, però no recuperada.

–I què va fer, llavors?

–La vaig portar cap aquí, amb mi.

–I després?

Era la pregunta del milió de dòlars. La pregunta que el meu cor i el meu cap s'havien reprimit de fer tota l'estona. Ara la pregunta era inevitable.

No va respondre.

Se'm va quedar mirant de fit a fit.

I em vaig adonar que m'analitzava.

–Oi que vostè no es donarà per vençut?

–Només busco el que li he dit abans: la veritat.

–I fer-se famós.

–Sisplau, miri'm als ulls.

–No he parat de fer-ho des que ha arribat.

–Doncs si és així, deu saber el que sento. Vostè és d'aquesta classe de dones.

–Està enamorat del mite, sí, i què?

–Demà pot aparèixer un altre periodista que no ho estigui.

–I?

–Ningú no desapareix eternament.

–Durant deu anys això no ha importat.

–Escolti, senyora Briezen –em vaig concentrar en les meves paraules–, abans ha dit que només persegueixo una exclusiva, sense tenir en compte si faré mal a algú. M'agradaria fer-li una pregunta: a qui puc fer mal? Només queden vostè i la tia de la Vània, que, pel que he vist, està molt tranquil·la i no li preocupa gaire si la seva neboda és viva o morta. No queda ningú més, tret de la Vània mateixa si...!

–Queda el seu record, la seva memòria!

–Llavors... –vaig empal·lidir en entreveure el sentit de les seves paraules–, és morta?

La resposta de la Noraima em va deixar completament abatut:

–Esclar que és morta. Que potser es pensava que la trobaria aquí?

29

Va saber que m'acabava de fer mal.

I va saber també, en aquell precís moment, que jo era sincer.

Però va continuar amb la boca callada, sense treure'm els ulls de sobre.

Jo em vaig tornar a fixar en les seves mans, cuidades i netes, molt boniques, sense cap adorn.

–On és? –vaig voler saber al cap d'una eternitat.

–Pensa anar a buscar la seva tomba?

–Sí.

–No es donarà per vençut.

–No.

–D'acord –va assentir amb el cap, no exactament irritada, però sí resignada perquè se sentia acorralada–. Suposo que s'ho ha guanyat i que, com bé ha dit, tard o d'hora en vindrà un altre. És capaç de remoure tota l'illa.

–Ho faria –vaig assegurar.

–Té cotxe?

–Sí.

–Anem.

Es va posar dreta. Jo la vaig imitar. Ni tan sols va agafar res o es va canviar de roba. Tampoc no va tancar la porta amb clau. Vam sortir de casa i ens vam ficar al cotxe de lloguer. Em va demanar que no posés l'aire condicionat, que tenia mal de coll. Després em va guiar.

–Segueixi recte fins a l'encreuament, després tombi a l'esquerra i agafi la 2A.

–On anem?

–A Santa Ana.

No recordava haver-lo vist.

–És un poble?

–Una església, passat Noord.

Vaig saber que no li trauria res més, tot i que, fos el que fos, ja sabia el nostre destí. No la localització, però sí el nostre destí en termes globals.

On acabem tots tard o d'hora?

Vaig conduir nerviós, massa nerviós. Quasi vaig tenir un accident a la sortida de Malmok, i després vaig córrer massa per la 2A. Però la Noraima no va dir res. Mirava per la finestra el paisatge de tota la vida. El seu paisatge. En una illa tan petita, en un país tan diminut, tot devia estar fet de repeticions constants. Una altra filosofia. Per a les meves ànsies de veure món, allò em semblava una mena de presó.

De cop, va trencar el silenci.

–Un dia –va dir molt fluixet i sense mirar-me–, jo estava malalta i no la vaig poder acompanyar. Va ser després que es divorciés i abans que morís la Cyrille. Em va trucar per telèfon des d'un aeroport, plorant, perduda, espantada. No sabia on era –ara sí que em va mirar–. No ho sabia. L'avió feia una escala, però ella... Sap què significa això, senyor periodista? Sap què és sentir-se perdut en algun lloc del món?

No ho sabia, però em vaig imaginar que devia ser espantós.

–Per què m'explica això?

–Perquè espero que entengui com se sentia la Vània al final de la seva vida.

–Creu que no ho entenc?

–No. –Va ser rotunda.

No li ho vaig voler discutir. Al cap i a la fi, m'estava acompanyant on jo volia anar.

–El judici la va destruir –va continuar la Noraima al cap d'uns quants segons–. Les morts de la Cyrille i de la Jess la van portar a l'abisme, però el judici la va acabar d'empènyer. No es jutjava el Nicky Harvey per assassinat: es jutjava les Noies de Filferro, i totes les models, i encara més les *tops*, i la indústria de la moda i els qui en viuen. Es jutjava la bellesa, es jutjava la fragilitat, es jutjava el fet que milions d'adolescents volguessin estar primes, es jutjava que ella fos diferent. Els mediocres es van voler revenjar. I els homes i dones grisos van ser cruels amb el que la Cyrille, la Jess i la Vània havien simbolitzat. Però les dues primeres estaven mortes, de manera que tot va recaure sobre la Vània. Per primera vegada es va veure exposada als depredadors. Ja no era una dona guapa, era un àngel caigut.

–La Vània es va veure a ella mateixa.

–Com en un mirall, senyor periodista. I no es va agradar. És a dir, no li va agradar el que la van obligar a veure. Ella era meravellosa, però la van destruir. Per això va dir prou, va intentar sobreviure, i no va poder.

–Vostè, per què no va revelar que ella...?

No vaig poder completar la pregunta. La Noraima va assenyalar alguna cosa a la nostra esquerra.

–És aquí –va sospirar.

A uns vint metres s'aixecava una església. Semblava nova o acabada de pintar. Era blanca i d'un color lleugerament groc, però molt pàl·lid, molt, molt pàl·lid. Al damunt de la mateixa porta d'entrada s'elevava una torre, amb un coronament octogonal i una punxeguda cúpula hexagonal de pissarra negra. Estava en una gran plaça, amb una estàtua al mig: santa Anna amb els braços oberts.

Vaig tombar a l'esquerra i vaig entrar amb el cotxe a la plaça. A la meva dreta vaig veure el cementiri, protegit amb una tanca blanca. Flanquejant l'església hi havia diverses casetes d'una sola planta. Vaig aparcar davant la porta de l'església, entre dos cotxes.

La Noraima va entrar a l'església.

La vaig seguir. Al costat de l'entrada hi havia una placa escrita en llatí. Deia:

«PRIMA ECLESIA 1176 HIC
AEDIFICATA ALTERA 1831 TERTIA 1886
–G. VULYSTEKE EP 17-7-1914–
PRIMARIUM HODIERNAE

ECCLESIAE LAPIDEM POSUIT EAMQUE
DEDICAVIT 30-5-1916»

No vaig entendre res.

La Noraima no s'hi va estar gaire estona, a dins. El temps just d'entrar-hi, senyar-se, abaixar el cap, resar una oració i tornar a sortir. El temple era petit, allargat i molt lluminós, amb ventiladors al sostre i un altar recollit i gens excessiu. Vaig percebre que es tractava d'un ritual. No podia portar-me on anàvem sense abans donar les gràcies o demanar perdó o, simplement, mostrar-se com una bona feligresa.

Ens vam dirigir al cementiri.

Tenia alguna cosa especial, me'n vaig adonar de seguida, tan bon punt vaig veure les tombes i com estaven disposades. No hi havia nínxols, només petits mausoleus, individuals o de dos pisos, tots pintats amb els mateixos colors vius de l'illa. Vius i nets però apagats, tret d'algun blau pastel o d'un rosa manifest. El coronament era en forma de *V* invertida, amb una creu a la punta, i la majoria estaven plens de flors, fresques i recents, amb suports en forma de cor, corones, i fins i tot els noms escrits amb flors. Semblava que hagués passat feia poc la festa de Tots Sants. Els mausoleus més grans, els de dos pisos, tenien dos nínxols a sota i un a sobre.

La Noraima es va parar davant d'un dels més nous, dels més cuidats, tot i que tenia menys flors.

El nínxol de sobre estava tapiat i no hi havia placa. A sota, a la dreta, vaig llegir un nom: Eliza Briezen Romero.

La diferència entre l'any de naixement i el de la mort era de cinc anys. I d'això feia quasi una eternitat.

Ella era a l'esquerra:

«Vanessa Molins Cadafalch»

Morta feia nou anys.

30

No sé què vaig sentir.

Un buit a l'estómac, al cap, al cor.

Havia desitjat tant trobar-la viva...

Quasi ho havia confós amb una necessitat, no amb un desig humà que ella simplement hagués abandonat el passat.

La veu de la Noraima va trencar aquell estrany silenci.

–No es va recuperar –va dir–. Va lluitar contra els efectes de l'anorèxia, però no es va recuperar. Va morir al cap de deu mesos de ser aquí. En pau, tranquil·la, sense soroll. Volia que no ho sabés ningú, i que l'enterréssim a l'illa.

–Com és que no es va saber...?

–Tenia diners, i els diners serveixen per comprar silencis. Aquí no hi ha cap ambaixada espanyola, evidentment.

Vaig assenyalar la tomba de la nena de cinc anys.

–La seva filla?

–Sí.

I després la de sobre, la que no tenia placa.

–El seu marit?

–No he tingut mai marit, senyor periodista. Aquesta és la meva futura casa per a l'eternitat.

Així de senzill.

Em vaig sentir incòmode.

Vaig notar que la Noraima em mirava fixament.

–Ja té el seu reportatge –va sospirar–. Ara deixi'm a casa i si vol fer fotografies o el que sigui torni després. I asseguri's que qui el llegeixi entengui que ara ella està en pau.

A vegades ser periodista és dur.

Aquesta n'era una.

Jo no tinc caràcter per agafar una càmera i posar-me a fotografiar una massacre, els resultats d'una matança, d'un bombardeig, o la gana del Sahel africà o la misèria de l'infortuni humà. Suposo que això em fa ser menys professional que altres. Però no ho puc evitar.

Sí, faria aquelles fotos; esclar.

Era el que havia anat a buscar a Aruba: respostes.

I ara les tenia totes.

Però això no volia dir que em sentís bé.

–Ho sento –vaig dir fluixet.

–No cal que demani perdó.

Vaig mirar la meva companya.

Als seus ulls vaig veure, aquest cop sí, respecte i un punt distintiu de consideració.

–Gràcies –li vaig dir.

I això va ser tot. La Noraima fou la primera a emprendre la tornada cap al cotxe. Hi vam entrar i vam fer el trajecte de tornada en silenci. Només vam parlar al final, quan ella em va guiar per Malmok. Quan em vaig parar davant la porta de casa seva, em va donar la mà.

La hi vaig estrènyer.

–Va ser feliç? –vaig preguntar llavors.

–Mentre va poder, sí.

–Era especial –vaig reconèixer–. Jo tenia un pòster seu a la meva habitació.

–Doncs parli d'això –em va demanar la Noraima.

Va sortir del cotxe, va entrar a casa seva i em va deixar sol allà.

31

Evidentment estava sota els efectes del xoc.

Però el malestar va començar immediatament després.

Primer em vaig apropar al far, el vaig fotografiar, i també vaig fotografiar l'illa des de l'extrem més occidental. Segon, vaig passar a prop de la casa de la Noraima, també per fer-ne unes quantes fotografies. Tenia por que la dona em veiés, però crec que res no es va moure, ni a dins ni a fora. Vaig fer servir el teleobjectiu per no haver-m'hi d'acostar tant. Finalment vaig tornar a l'església de Santa Ana. Vaig tornar a treure les càmeres i vaig fotografiar el temple des de tots els angles possibles, la placa de l'entrada, l'interior, l'estàtua de la plaça i l'exterior del cementiri.

La feina més important la vaig deixar per al final.

Vaig entrar al cementiri.

El malestar ja era general.

No entenia la meva inquietud. Havia desxifrat el misteri. Més enllà de la tristesa que em produïa aquell fet, lògic a pesar de tot, m'hauria de sentir content, satisfet i orgullós.

Encara vaig tardar uns quants segons més a entendre que el que em pesava no era només un malestar pel final d'un somni.

Uns quants segons.

El que sentia era una veu interior.

El crit de... el meu instint?

Vaig mirar el mausoleu, les tombes de la petita Eliza i de la Vanessa.

El meu instint.

Hi havia alguna cosa que se m'escapava. Alguna cosa que havia vist, sentit, escoltat, notat. Alguna cosa.

Com quan et posen una imatge subliminar en una pel·lícula i tu no la veus però el teu subconscient sí, i el teu cervell encara més.

Però... què era?

Què havia vist, sentit, escoltat, notat?

I quan, on, com?

Vaig intentar no obcecar-me i concentrar-me en la feina. Vaig començar a fotografiar la tomba, per la part del davant, pel darrere, en general, en detall, cada un dels tres nínxols, però sobretot el de la Vanessa, la seva placa mortuòria, les flors...

Les flors.

Hi havia un detall, i de sobte em va sacsejar la raó.

Totes les flors estaven al costat de l'Eliza.

Totes. No n'hi havia cap al de la Vanessa.

Vaig arrufar el nas.

Hi havia alguna cosa més. N'estava segur. Alguna cosa que havia passat a casa de la Noraima Briezen.

Vaig continuar fent fotografies, dos rodets sencers per a una pobra i petita tomba. També vaig fotografiar les del costat amb les plaques mortuòries, i vaig fer una panoràmica general. Fotos i més fotos, fins que al cap de mitja hora vaig abandonar el cementiri.

Vaig pujar al cotxe.

Vaig tancar els ulls, vaig posar l'aire condicionat i vaig repenjar el cap al reclinatori del seient. Vaig intentar memoritzar punt per punt i paraula per paraula tot el que havia passat des que havia arribat a casa de la Noraima.

Cada cop que pensava en aquella casa era com si la meva veu interior, el meu instint, em digués: «Calent, calent.»

I si no era més que una bestiesa?

El maleït malestar.

Al final em vaig posar nerviós, irascible i molt més inquiet. De manera que vaig engegar el motor i vaig tornar a Oranjestad. Durant la resta del dia no vaig canviar d'actitud. Fos el que fos, em punxava el cervell d'una manera persistent i constant. L'únic que podia fer en aquell cas era treballar més. O sigui que em vaig posar a fotografiar tot Aruba, la capital, les cases pastel, l'ambient, el port. Passada l'hora de dinar, i sense haver menjat res, vaig pujar a la barca que portava els clients a Sonesta Island. Un cop allí, vaig passejar i fins i tot em vaig banyar. Pura glòria. Era un lloc privilegiat, l'únic defecte era que tenia l'aeroport una mica massa a prop. Les iguanes es passejaven pel meu costat i em miraven de reüll, i els pelicans queien del cel per engolir peixos del supermercat marí com si res. L'illa, allargada, amb proteccions per pal·liar les onades, que arribaven suaus a les tres platges, era un microunivers natural, i nosaltres, els turistes, els alienígenes depredadors.

Vaig tornar a l'hotel, em vaig dutxar, em vaig canviar i vaig tornar a sortir. Em vaig dirigir a Palm Beach per fotografiar la posta de sol. Després em vaig estirar en una gandula i vaig contemplar el crepuscle.

Cada cop més inquiet.

Les flors només a un costat de la tomba.

La casa de la Noraima.

La maleïda veu interior, l'instint.

El cas estava tancat. Allí hi havia la tomba de la Vània. Adéu.

Però la veu em continuava martellejant la raó.

Una mulata que passava pel meu costat em va somriure. Era l'única cosa que em faltava: una mulata al paradís. Però no era el meu dia. No gaire més enllà l'esperava un guapo amb dos gots de coca-cola.

Tenia gana. No havia menjat.

M'havien dit que la zona amb els millors restaurants estava a la carretera que uneix Palm Beach amb Noord, perpendicular a la platja. Em vaig ficar al cotxe per anar-hi. Tenien raó. Bons i variats. Especialment per menjar marisc o receptes italianes. Em vaig decantar pel marisc, tot i que sabia que quan presentés la factura d'una llagosta, al Porfirio li agafaria un atac.

Vaig aparcar, em vaig ficar en un restaurant que es deia Buccaner, a la dreta anant cap a Noord, i vaig esperar que la cambrera m'il·luminés amb el seu somriure, que era ample i generós. Em va donar la carta, va deixar passar dos minuts perquè triés, i va tornar per prendre nota. Els preus eren exagerats, turístics. Li vaig dir què volia i mentre ho anotava em vaig fixar en les seves mans. La meva eterna mania.

Les seves mans.

Suaus, cuidades, amb els dits llargs i les ungles pintades de vermell.

Les seves mans.

I llavors la veritat em va tocar de ple, va encertar just el centre del meu equilibri i quasi em tira a terra.

No vaig sortir corrent de miracle.

32

Reconec que em vaig sorprendre a mi mateix.

Vaig ser capaç de sopar, de meditar, d'entendre, i després de pagar, sortir, agafar el cotxe i anar-me'n cap a casa de la Noraima sense presses, sense excessos ni bogeries.

La clau havien estat aquelles mans i les flors de la tomba, però sobretot el que havia vist fugaçment tot just entrar a casa de la Noraima.

Un passadís amb diverses portes, al fons una d'oberta.

Donava a un taller o estudi amb objectes de pintura i teles.

Havia estat tan sols una percepció.

Un petit detall sense importància, però que ara...

En aquella casa algú pintava. Algú feia quadres, com a *hobby* o pel motiu que fos, però pintava.

Als vint anys jo sortia amb una noia que estudiava pintura. Tenia un petit estudi a les golfes de casa seva. Tenia les mans molt boniques, però sempre les portava brutes, brutíssimes, per la maleïda pintura que no se n'anava ni amb litres i litres de dissolvent. A mi em molestava no només perquè les tenia aspres per culpa d'això, sinó perquè eren com un arc de Sant Martí barroc i virolat, no ho podia dissimular. Cada cop que la presentava a algú, després, quan estava sol, em preguntaven:

–Escolta, la teva xicota pinta cases o què?

Aquest «o què» es referia a si era sempre així de porca. I jo havia d'explicar que era pintora, que la pintura l'embrutava, i que això era normal en els artistes, perquè pintar amb pinzells no...

Les mans de la Noraima estaven netes i cuidades.

Molt netes i molt polides. No els havia caigut a sobre una sola gota de pintura des de feia dies, setmanes, mesos.

Casualitat?

Però llavors apareixien les flors de la tomba.

Totes al nínxol de l'Eliza, la nena.

Com si a l'altre costat, el de la Vanessa, no hi hagués ningú.

Ningú.

Em vaig orientar perfectament per Malmok i vaig arribar a aquell carrer, obert al mar, amb el far a la dreta, omnipresent i blanc, retallat contra la claror de la nit amb la lluna gairebé plena. No vaig aparcar gaire a prop. Ho vaig fer a uns cinquanta metres. Vaig sortir del cotxe i em vaig posar a caminar a poc a poc, expectant, disposat a fer mitja volta o a fer-me el despistat si...

Però no va passar res.

Vaig arribar a la casa. A fora hi havia llum, al porxo. Una llum tènue. El silenci era preciós. Un silenci plàcid, com si el món i els seus problemes estiguessin a l'altra banda de l'infinit. Les finestres estaven tancades i les persianes abaixades.

No vaig saber què fer. Encara que m'hi plantés a fora, no veuria res.

M'havia d'arriscar.

Tot i així, potser la Noraima estava sola.

Res no indicava que...

Vaig entrar al jardí i vaig tancar la porta de fusta. Si algun veí em veia i m'espiava, trucaria a la policia i ni la meva mare no em podria salvar de l'embolic. Per sort no hi havia gossos ni res d'això. Vaig caminar en direcció a la porta, però no vaig trucar.

Vaig envoltar la casa per l'esquerra.

Primer no vaig sentir res.

Finalment... una veu.

–Quan creus que se n'anirà?

I una segona.

–Potser es quedarà un parell de dies més, per fer turisme.

Dues dones.

–Aquesta gent no perd el temps. Se n'anirà demà o demà passat.

–Semblava bon noi. Ha quedat realment afectat.

–Si ha fet tot el que t'ha dit...

Em vaig aturar davant la finestra. Podia veure l'interior de la casa. La finestra següent era la de la cuina, però era oberta i no m'hi vaig apropar. No va caldre.

Vaig veure la Noraima, carregada amb uns plats que portava a la taula.

Vaig aguantar la respiració.
I després la vaig veure a ella.
La Vanessa Molins Cadafalch.
Simplement la Vània.
O més ben dit..., simplement la Vanessa.

33

Li havia preguntat al Carles Sanromán com seria ella si encara visqués, i ell m'havia contestat:

–Era preciosa, única. Ara tindria trenta-cinc anys, o sigui que... La plenitud, noi. La plenitud. Tota una dona.

I a mi se'm va fer un nus a la gola, perquè vaig recordar la meva vella teoria que les coses boniques haurien d'existir eternament.

La plenitud. Tota una dona.

Havia fet curt.

La dona que veia per la finestra era més que bonica. Era singular.

Ja no portava els cabells llargs, sinó curts, però eren igual de negres. Els seus ulls continuaven sent grisos, profunds, però aquella antiga tristesa dolça havia donat pas a la mirada intel·ligent de la naturalitat i de la primera maduresa. El nas recte i esmolat, la barbeta rodona, els llavis carnosos però encara més marcats i seductors que abans. I, per descomptat, aquella imatge de perenne innocència juvenil s'havia transformat en la d'una extraordinària bellesa adulta, sòbria, dotada d'un encant especial.

Ja no estava tan prima, però tampoc no la vaig trobar excessivament canviada en això. Era com moltes dones de trenta-cinc anys, semblava estar al punt just, encara que el seu punt fos hereu dels anys en què havia estat una reina de les passarel·les. Es movia amb gestos carregats d'elegància. Continuava tenint classe. O potser és que això és el que jo volia veure en ella?

Estava mut, al·lucinat, no sabia què fer.

Què fer.

Anar a buscar les meves càmeres i comportar-me com el que no havia estat mai, com un vulgar *paparazzi* capaç de robar la intimitat de les persones? Anar-me'n feliç però atrapat per aquell secret? Entrar i demanar l'exclusiva de la meva vida?

O simplement trucar i...

Havia arribat fins allà per això.

Feia dues setmanes que no parava de rondar per això.

No recordo quant temps em vaig estar allà plantat, immòbil, espiant-la, observant-la mentre sopava i es movia i parlava amb la Noraima, com ho faria una filla amb la seva mare, o com ho farien dues grans amigues. No recordo quan vaig prendre la decisió, ni tampoc quan vaig tornar a la part del davant de la casa. Només tinc present que els cops que donava a la porta em van despertar d'aquella catarsi.

I quan la Noraima em va obrir...

–És vostè?

La Vània ja no estava a la vista.

–Ho sento –vaig voler excusar-me.

–Què hi fa aquí, a aquestes hores?

–Deixi'm parlar amb ella, sisplau.

Als seus ulls vaig veure un indici de rancor, i també de por.

–De què em parla? Vagi-se'n! No n'ha tingut prou amb...?

–Vol que torni a casa i expliqui la història que imagino?, o prefereix donar-li una oportunitat?

Estava a punt de tancar-me la porta als nassos, i jo no hi hauria oposat resistència, però alguna cosa la va aturar.

–Noraima...

La Vània era allà, visible per a ella i per a mi.

–No, Vanessa, nina... –va ser com si l'amiga li supliqués.

–Au, vinga –l'exmodel va somriure amb tendresa–, sabíem que qualsevol dia podia passar, no?

–Però...

La Vània es va acostar a la porta. Em va mirar atentament. Al contrari que la Noraima, als seus ulls no hi havia més que tristesa, una gran càrrega de tristesa.

Em vaig trobar amb la seva mà davant meu.

–Com et dius? –va voler saber.

–Jon Boix, de *Zones Interiors*.

La hi vaig estrènyer. Una mà delicada i bonica, tot i que tenia restes de pintura a les ungles.

Vaig mirar la Noraima.

Es va apartar.

Vaig seguir la Vània algunes passes. La seva companya va tancar la porta. No sé per què, però crec que poques vegades en la vida m'havia sentit pitjor i, al mateix temps, poques m'havia sentit millor. Les dues sensacions xocaven dins meu i em produïen una reacció difícil d'assimilar, i encara més de dominar. Vaig imaginar-me que un fan de John Lennon se'l trobava viu.

Aquest era el problema. Per a mi ja no es tractava d'un reportatge.

La Vània es va parar de cop, va encreuar els braços i em va mirar.

–La Noraima m'ho ha explicat tot: el temps que fa que em busques, les persones amb qui has parlat. Creus que encara sóc tan important?

Com es mesura la importància de les persones o d'una notícia?

–Volia explicar per què algú com tu un bon dia és capaç de desaparèixer i deixar-ho tot en ple èxit.

–Tothom pensa que sóc morta.

–No tothom.

–No, esclar –va assentir.

–Qui hi ha en aquella tomba del cementiri?

–Ningú –va mirar la seva amiga negra i va somriure–. Ho vam preparar preveient que un dia apareixeries tu.

–No ho vam fer tan bé com ens pensàvem –va lamentar la Noraima, que em continuava observant amb una ràbia desesperada.

–Com has sabut la veritat? –em va preguntar la Vània.

–Algú es dedica a pintar quadres allà darrere aquella porta, i les seves mans –vaig assenyalar les mans de la Noraima– estaven massa netes. A més, al cementiri, totes les flors estan a la tomba de la nena.

–Un noi llest –va ponderar.

La Noraima va dir alguna cosa que no vaig entendre, probablement en papiament.

–Vols prendre alguna cosa? –em va oferir la Vània.

–Un got d'aigua, gràcies. –Tenia la boca seca.

–Seu.

Vaig obeir mentre ella feia mitja volta per anar a la cuina. La Noraima no es va asseure. Va continuar dreta, al costat de la porta, sense deixar de mirar-me, com si jo fos la pitjor de les rates i considerés quina seria la millor manera de matar-me.

No em va sorprendre que exclamés en veu baixa, com un intent final:

–Sisplau... Ara ja n'hi ha prou. Deixi-la en pau. Sisplau...

Anava a dir-li que jo no faria mai res que la perjudiqués, ni m'inventaria històries, ni... però no vaig tenir temps. La Vània tornava amb una ampolla d'aigua fresca i un got. Em va allargar totes dues coses i jo mateix em vaig servir. Es va asseure davant meu.

–Què és el que vols, una exclusiva?

M'ho va preguntar mentre bevia; per tant, em vaig haver d'empassar l'aigua abans de respondre.

–No sóc d'aquests –vaig dir–. Només volia escriure un reportatge.

–Quin tipus de reportatge?

–Vas desaparèixer fa quasi deu anys. Aquest tipus de reportatge.

–Pensaves que podia ser viva?

–Tenia aquesta esperança.

–Per què?

Vaig abaixar els ulls cap a terra. Em vaig sentir com un nen enxampat in fraganti per la professora de la qual està perdudament enamorat.

Crec que la Vània ho va entendre.

–No tens pinta de *paparazzi* –va manifestar.

–Deu ser perquè no ho sóc.

–És cert. Un *paparazzi* m'hauria seguit una setmana sencera amb un tele i m'hauria fotografiat cinc-centes vegades; després hauria publicat una mena de reportatge escandalós o sensacionalista.

La vaig mirar als ulls. Mentre ho feia, em sentia petit, tot i que a poc a poc ho anava superant. La seva actitud m'hi ajudava, amb la seva pau i la seva estabilitat. Semblava que esperés.

Me'n vaig adonar perquè, a pesar de les circumstàncies, qui movia els fils de la situació era jo.

Vaig pensar en la mare i en la Sofia.

–Dues persones em van dir que el més segur és que et devies haver cansat de tot el que havia passat i que segurament vivies en qualsevol lloc tranquil·lament, sense ressentiments, com si fossis una altra persona.

–Dues persones intel·ligents… i molt raonables –va asseverar.

Em va agafar per riure, tot i que no li vaig dir que una era la meva mare i l'altra, una aspirant a model fracassada que semblava disposada a viure de la realitat, i que m'agradava.

–De què rius?

–De mi –vaig mentir.

–Per què?

–Tenia un pòster teu a l'habitació quan era un adolescent.

–A vegades no és bo que els somnis es facin realitat. Saps la cançó dels Rolling Stones? «Compte amb el que desitges, perquè ho pots aconseguir» –em va acompanyar en el meu somriure.

La Noraima ens va mirar com si ens haguéssim tornat bojos.

–I ara què farem? –La Noraima quasi es va posar dramàtica–. Això s'omplirà de periodistes!

–Potser tornar al món dels vius serà un alliberament. Prou secrets i prou patir perquè qualsevol dia passi una cosa així. De tota manera..., no sóc tan important, Noraima –li va dir sincerament–. Deu anys és molt temps. Ara ja és tard: m'he tornat un anacronisme –li va agradar la paraula–. Sóc història. Suposo que n'hi ha per a un bon article i per recordar que una vegada hi va haver tres noies que van arribar a la lluna però es van cremar amb el sol. Res més. No hi haurà cues de fans a la porta de casa –em va mirar i va preguntar–, oi?

Encara tenia aquella mirada.

Aquella calor que se't ficava a dins, des de qualsevol fotografia o qualsevol pòster.

O sigui que en directe, encara més.

Vaig pensar en la Greta Garbo, la *Divina*. Es va retirar del cinema i va viure quaranta anys a Nova York, llanguint, sense concedir entrevistes. A vegades algun fan anava al Central Park amb l'esperança de veure-la passejar. Però evidentment, res d'avalots i commocions. Els articles, les anàlisis, les retrospectives de la seva vida i de la seva obra no paraven, però a ella no la van importunar més del compte. I era la Garbo, no la Vània. I era Nova York, i no Aruba.

–Per a molta gent vas ser una persona molt especial –li vaig confessar.

–És bo saber que t'han estimat, o que encara t'estimen.

Vaig recordar les persones amb qui havia parlat. L'estimaven? Realment...? De sobte em van semblar màscares. Màscares immòbils que s'esvanien en el passat. El Fernández, l'Iturralde, l'Ashcroft, el Sanromán, fins i tot...

Va ser com si m'endevinés el pensament.

–Com està la meva tia?

Li ho vaig explicar, i durant els minuts següents vam estar parlant com si fóssim vells amics, mentre la Noraima –que amb prou feines es podia creure el que veia i sentia– s'asseia en una cadira, amb els ulls molt fixos en tots dos, intentant entendre què passava.

34

La Vània es va atansar a la vora de l'aigua. Una petita onada, suau, se li va acostar. No es van tocar. L'aigua va arribar al límit del seu periple, va retrocedir i va tornar a agafar impuls per a una nova onada. La Vània se la mirava, mentre els seus peus descalços s'enfonsaven lleugerament a la sorra humida. Jo, que no m'havia descalçat, estava un parell de passes darrere d'ella.

–Molta gent somia retirar-se en un lloc com aquest –vaig sentir que deia.

–Però als seixanta o setanta anys.

–N'estàs segur?

Es va tombar, fent aquell somriure tan torbador.

–Deus pensar que sóc boja o covarda, oi? –va preguntar-me, mirant-me als ulls.

–No –vaig dir sincerament–. I encara menys després de saber tota la història. O almenys creure que la sé. –La vaig contemplar un moment sota la lluna, sabent que no oblidaria mai aquella imatge, i vaig dir–: Et puc preguntar una cosa?

–Digues.

–Et vas retirar perquè estaves cansada i esgotada després de tot el que havia passat amb la Cyrille i la Jess, o perquè estaves malalta?

–Primer perquè estava malalta. Vaig venir cap aquí quan vaig sortir de la clínica, i la Noraima em va ajudar a recuperar-me. Però després, durant aquells mesos de pau, i pensant en el passat, en la Cyrille, en la Jess... Un dia vaig veure clar que no volia tornar a ser la Vània. Qui crea un monstre tard o d'hora l'ha de destruir si no vol que el monstre el destrueixi a ell. Vaig deixar que el temps engolís la Vània i les Wire-girls. Vam muntar la història de la tomba per si de cas, per protegir-me. Ni tan sols m'havia adonat que havien passat deu anys.

–No enyores...?

–No –va respondre ràpida.

–Ets feliç, aquí?

–T'estranya? –Va abaixar els ulls cap a l'aigua–. Sí, suposo que sí, que t'estranya. Jo, que he viscut als llocs més excitants i que he conegut les persones més interessants... –els va aixecar i em va mirar–. Doncs sóc feliç, molt feliç. Tinc just el que desitjo: pau. Vaig conèixer la glòria, el vertigen, la bogeria, tot allò per què moltes donarien la vida. I saps què? La Jess i la Cyrille la van donar, i jo hi vaig estar a punt. Ara sóc una altra persona. Afortunadament no era pobra, o sigui que...

–Però això –vaig abraçar l'illa, el mar.

–Això és el paradís –em va confessar novament–. I si vull, estic a dues passes de Miami, de Caracas, de Ciutat de Mèxic.

–I Europa?

–A Barcelona, a Madrid, a París, i a moltes altres parts del món hi tinc els records. El futur penso que és una altra cosa.

Li volia preguntar si s'havia tornat a enamorar, o si també havia renunciat a això, però ho vaig considerar impertinent, massa fort. I què, si tenia algú a l'illa? Seria el més lògic. L'amor és l'única cosa a la qual no pots renunciar, perquè sempre hi és. Apareix i desapareix quan vol, sense que puguis fer-hi res. I ella era massa bonica o massa suggeridora, encara que s'amagués a l'últim racó de l'univers. Les persones busquen l'amor, igual que les plantes el sol.

–Crec que no em veus com sóc realment –va dir la Vània tornant on jo era per continuar el passeig.

–Suposo que tinc una idea deformada de tu –vaig acceptar–. Sempre has estat una mena de somni, un mite. I des que et vaig començar a buscar i desitjava trobar-te amb tota l'ànima...

–Sóc una persona real, de carn i ossos, ho veus? –va estendre un braç davant meu–. Tu també ets de carn i ossos. Massa. No sembles un periodista.

–Potser és que no ho sóc, o almenys no tan bo com ho hauria de ser.

–Ho dius pels sentiments?

–Sí.

–Un cop, un fotògraf famós em va fer unes fotografies que no em van acabar d'agradar i l'hi vaig dir. Llavors jo era molt jove. I ell em va contestar: «Jo no treballo segons la idea que tu tens de tu, sinó segons la idea que jo tinc de tu.»

–Molt bona –vaig reconèixer.

–Tots tenim una imatge de nosaltres mateixos, però no coincideix mai amb la que en tenen els altres. I hem d'entendre la dels altres, però sense deixar de ser nosaltres mateixos.

Vam arribar a una barca encallada a la sorra. La podíem rodejar, però va ser com si ens obstaculitzés el pas.

Ens hi vam parar al davant i ens vam repenjar a la seva borda. La barca es deia *Moonflower*. La Vània va aixecar el cap al disc argentat que il·luminava la nit i deixava un solc lluminós damunt la mar.

–Flor de lluna –va dir.

Jo la vaig mirar. Tenia la pell morena per la vida a l'illa, però ara em va semblar molt blanca.

–Ets una bona pintora?

–No ho sé. No he provat de vendre els quadres.

–No t'interessa...?

–Jon –em va tallar–. No t'has preguntat per què molta gent ho deixa tot i se'n va?

–Perquè n'estan farts.

–No, no és exactament això. Et parlo d'un tipus de gent, i saps molt bé a quin tipus em refereixo.

–Sempre són persones que han viscut molt, i en molt poc temps.

–Doncs precisament això –va assentir–. L'únic que m'interessa és aquí. I sóc feliç amb això. Només hi ha un dubte que de tant en tant m'assalta.

–Quin?

–Saber si un dia m'atreviré o no a escriure un llibre. Jo no sóc gaire bona per a aquestes coses, però tinc els sentiments.

Això em va sorprendre.

–Les teves memòries?

–Sí. I no perquè puguin interessar algú, no sóc tan egòlatra, sinó per explicar l'experiència d'una nena que un dia va tenir un somni, va veure com es complia, i després no en va poder despertar.

–Però tu sí que en vas despertar.

–No vaig tenir altre remei. Al final.

–Seria un llibre molt útil per a les milers d'adolescents que cada dia aspiren a ser models.

–Ho voldrien ser igualment.

–Però almenys algú els explicaria una història de veritat.

–Crec que ja la saben, això és el que em frena. Em sembla que no són tan ximples; saben que és dur, que com més amunt vols arribar, més et costa i més has de pagar. Encara que, com és lògic, són les seves vides, i no es rendiran. Tenen dret a viure-les i a equivocar-se. Llegirien la meva història i dirien: «Sí, d'acord, però a mi no em passarà.» O: «D'acord, però va valdre la pena.»

Les mateixes paraules de la Sofia.

–Als dotze o tretze anys encara hi ha molta ingenuïtat, Vània.

–Però s'espavilen aviat. Moltes cauen, sucumbeixen; d'altres es conformen amb el fet d'haver jugat a passar per això, i algunes, la minoria, ho aconsegueixen, per a bé o per a mal. Però saben de què va la pel·lícula. De manera que no sé si el meu llibre no seria una altra història trista d'una «pobra noia –va posar èmfasi en aquestes dues primeres paraules– que ho aconsegueix i després ho explica». No vull escriure una advertència. M'agradaria explicar una vivència.

–Podria venir a passar un mes aquí, a l'estiu, i ajudar-te a escriure el llibre.

–Ho faries?

–I tant! Seria molt temptador. Jo sí que sé escriure. Què et semblaria com a coautor?

Em va somriure. Després em va agafar pel braç i em va obligar a reprendre la caminada. Ja no em va deixar anar.

–Quants dies pensaves quedar-te?

–No ho sé. Me'n puc anar demà, o demà passat, o...

–Queda't almenys un parell de dies –em va oferir–. T'ensenyaré tot això, podem anar a Puente Natural, que és l'única atracció d'Aruba, a més d'algunes coves, i en parlem.

–I la Noraima? –Vaig mirar instintivament cap a les llums de les primeres cases.

–És una bona dona, o sigui que no et preocupis. No t'enverinarà. Sempre m'ha fet de mare, i una mare vol el millor per a una filla. Per cert, et puc fer una pregunta personal?

–Digues.

–Tens nòvia?

–No.

–T'agrada algú?

–Sempre hi ha algú que ens agrada.

–Bé –va sospirar la Vània–. Doncs sigues bo amb ella.

–L'hi diré de part teva –vaig riure.

–Però no li expliquis això –es va referir al passeig per la platja deserta, el mar en calma, la lluna pràcticament plena, ella i jo agafats pel braç–. A ningú no li agrada, encara que l'altra només sigui una amiga.

Una amiga.

Vaig tornar a recordar el meu pensament de feia una estona.

Per a mi ja no es tractava d'un reportatge.

I llavors la Vània va fer aquella pregunta amb un punt d'ironia femenina:

–De debò tenies un pòster meu penjat a l'habitació?

–Tan de debò com que estava enamorat de tu –vaig reconèixer sense embuts.

El que no li vaig dir és que només feia tres o quatre anys que havia despenjat el pòster.

35

Quan l'avió es va enlairar de l'aeroport de Reina Beatrix, vaig mirar per la finestra el cap nord de l'illa.

El far i, una mica més avall, Malmok, i les casetes de colors davant la platja.

Sabia que també ella estaria mirant cap a mi.

De manera que vaig aixecar una mà i la vaig moure suaument, molt suaument, fins que les puntes dels dits van tocar el plàstic transparent de la finestreta i s'hi van quedar, repenjats.

No vaig treure la mà ni vaig desviar la mirada fins que l'illa va desaparèixer en algun lloc del món que s'obria sota meu.

Llavors vaig tancar els ulls i vaig repenjar el cap al respatller del seient.

La noia de la parella que tenia asseguda al costat va sospirar:

–Que ràpid que ha passat tot!

–Sí, s'hi estava de conya –es va lamentar ell.

Vaig sentir com compartien el seu sentiment de nostàlgia abraçant-se i petonejant-se.

Em vaig sentir gran.

Em va agafar per posar-me reflexiu i pensar bestieses de persona molt, molt gran.

Vaig somriure i vaig intentar allunyar-les del meu cap.

Havia trucat a la Sofia la nit abans per dir-li que tornava. Em va dir que la feina ja era seva, que a la meva mare li havia encantat i que li augurava un bon futur, perquè intuïa que valia. Jo li vaig assegurar que la mare tenia olfacte, i que si ella ho deia...

–Però no deixaré de ser model, eh? Crec que ja n'hem parlat, d'això. Fins que no em convenci del contrari...

Havíem quedat que soparíem junts per celebrar-ho.

–A tu com t'ha anat?

–Bé.

–L'has trobada?

–T'ho explicaré quan ens veiem.

–Però...

–Xxt!

A la mare, no li havia trucat. Només un fax gens comprometedor: «Tot va bé. Torno d'aquí a un parell de dies.»

Encara havia de decidir moltes coses.

La Vània m'ho va preguntar, finalment, l'última nit, quan ens acomiadàvem.

–Què escriuràs?

–No ho sé.

–Que no ho saps?

–No.

–Ets un periodista, no ho pots ignorar.

–I tu ets algú que s'ha guanyat la pau, el descans.

–Jon, no siguis burro: tens el que has vingut a buscar.

Em convencia, ella a mi, del meu deure.

–Tinc dues coses. D'una banda, una tomba que mostra que la Vanessa Molins Cadafalch és morta. Aquesta és una veritat. La tomba hi és. Podria publicar aquestes fotografies i seria una bona exclusiva, encara que falsa. I d'altra banda, tinc una dona que no té res a veure amb la de fa deu anys, i a la qual no sé si desvelar, perquè ja no és la Vània, sinó la Vanessa.

–Series capaç de no publicar...?

Em vaig arronsar d'espatlles.

I vaig tornar a pensar en l'última pàgina d'*Allò que el vent s'endugué*. L'Escarlata O'Hara dient: «Demà serà un altre dia.»

Vaig veure clar que no prendria cap decisió fins que no arribés a Barcelona; encara més, fins un segon abans de veure la mare i dir-li hola. I faltava massa per a això.

Arribaria el moment, però encara faltava una eternitat.

–Si no ho escrius tu, demà en vindrà un altre amb menys escrúpols i ho farà a la seva manera –em va advertir.

Demà, demà, demà.

–Sempre ens queden les teves memòries. –La vaig mirar amb afecte–. Hi expliquis el que hi expliquis, seran una bomba.

–Per què no et vaig conèixer fa deu anys? –va bromejar la Vanessa.

–Perquè jo llavors en tenia quinze.

–És una bona raó –va arrufar les celles.

I ara ella tenia tota una vida al darrere i jo encara havia de començar.

O almenys això em semblava a mi.

–Jon.

–Què?

–Gràcies.

No li vaig preguntar per què me les donava. Potser per haver-la despertat i fer que s'enfrontés novament als seus fantasmes, encara que d'una manera molt diferent i amb capacitat per vence'ls. Potser perquè ella sí que sabia quina seria la meva decisió. Potser per aquella promesa, o esperança, o il·lusió de tornar per escriure junts la seva vida. Potser per tot i potser per res.

Només sé que després de donar-me les gràcies se'm va acostar i em va fer un petó als llavis.

Va ser el nostre últim contacte, i el nostre adéu sense paraules.

Ara havia de pensar.

Vuit hores fins a Madrid, una més de pont aeri, el temps entre vol i vol, arribar a casa, trucar a la Sofia, anar a veure la mare...

–Sí, demà serà un altre dia –vaig sospirar molt fondo, somrient i sense obrir els ulls, perquè estava molt bé amb els ulls tancats i la sensació d'aquell petó que em voletejava pels llavis.

Agraïments

En els quasi deu anys de recopilació de material per escriure aquesta novel·la, reunint reportatges, dossiers, notícies, biografies, articles diversos, entrevistes amb models, dissenyadors, fotògrafs o experts i també parlant amb persones vinculades al món de la moda, he arribat a perdre el compte de les hores destinades a aquesta recerca primer i a la seva elaboració després; i també, per desgràcia, he perdut el compte de les persones que hi han aportat alguna cosa, a vegades un simple detall o una frase. D'altra banda, per falta d'espai final, enumerar-les seria interminable, de manera que la meva gratitud és tan gran com la seva absència en aquestes pàgines.

No obstant això, m'agradaria esmentar-ne algunes que han estat essencials.

En primer lloc vull donar les gràcies al Marcel, a qui està dedicada l'obra, no tan sols per ser el meu «assessor d'imatge capil·lar» i el meu amic, sinó per haver-me forçat a escriure-la amb pacient insistència i per introduir-me, ja fa anys, a la meva primera desfilada de moda. Gràcies també al Toni Miró, precisament per aquella desfilada, a les models que hi vaig conèixer, i molt especialment a Anahi.

Els noms de les models que surten al llarg del llibre –menys els de les tres protagonistes, tot i que les seves històries són certes però en les vides d'altres models– són reals, com també ho són les dades del capítol dotze. En canvi no és verídica l'Agència Pleyel, encara que no es diferencia gaire de les agències més importants del món. I gràcies, evidentment, als arxius d'*El Periódico*, de *La Vanguardia*, d'*El País* i de l'*Avui*, i a les revistes *Woman*, *Lecturas* i altres.

El guió definitiu el vaig escriure a Sonesta Island, Aruba, el maig del 1997, i la novel·la la vaig acabar els primers dies de l'any 1998.

J. S. i F.

Aquí s'acaba aquest llibre
escrit, il·lustrat, dissenyat, editat i imprès
per persones que estimen els llibres.
Aquí s'acaba aquest llibre que tu has llegit,
el llibre que ja ets.